GOBOOKS
& SITAK
GROUP©

GOBOOKS
& SITAK
GROUP©

三日月書版

三日月書版

小丑魚 著
炬太郎 繪
2
怪談病院
PANIC!
輕世代
FW260
三日月書版

怪談病院 PANIC!

第一章　庫房事件（一）……………………011

第二章　庫房事件（二）……………………025

第三章　庫房事件（三）……………………039

第四章　庫房事件（四）……………………051

第五章　庫房事件（五）……………………063

第六章　庫房事件（六）……………………073

第七章　庫房事件（七）……………………087

第八章　庫房事件（八）……………………101

第九章　庫房事件（九）……………………119

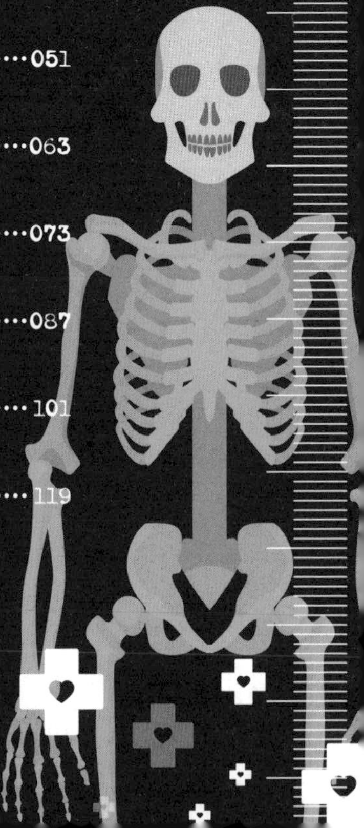

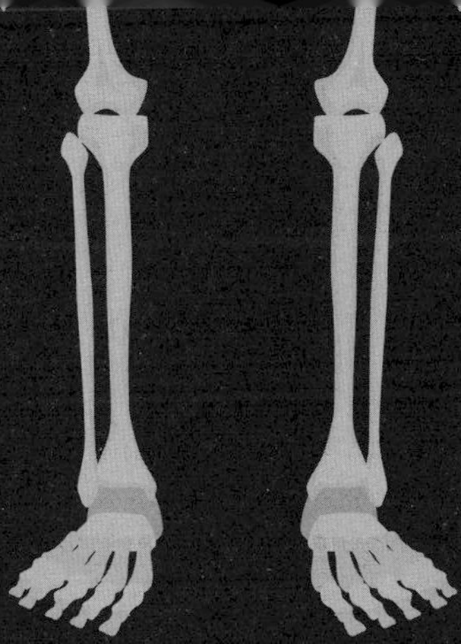

目錄 CONTENTS

第 十 章　庫房事件（十）……………………135

第十一章　庫房事件（十一）………………155

第十二章　庫房事件（十二）………………169

第十三章　庫房事件（十三）………………181

第十四章　庫房事件（十四）………………195

第十五章　庫房事件（十五）………………209

第十六章　庫房事件（十六）………………221

第十七章　庫房事件（十七）……………　233

CHARACTER FILE
孟子軍
身分：刑事組組長
性格：有正義感、善良
愛好：公仔、狗狗
Profile
人高馬大卻是動漫迷，且是愛狗人士，非常寵家中的黃金獵犬。對於不可思議事件有著強烈好奇心。在一次詭異案件中認識綠豆和依芳，進而見識到兩人異於常人的能力。

CHARACTER FILE

綠豆

Profile

醫院的老鳥，依芳的學姐，常常熱心過了頭，總是拖著依芳下水，卻也因為一連串的事件激發了自己的潛能，不但具有陰陽眼，並且磁場與陰間的朋友相近，具備和鬼魂溝通的能力。

第一章　庫房事件（一）

難得大夜班有著不多見的清幽，正在加護病房裡上班的阿啪忍不住打了個哈欠。

她去廟裡小住幾天回來後，發現修女不見了，好像事情都圓滿地解決了。

但是依芳和綠豆卻鬼鬼祟祟的，最誇張的是約瑟神父竟然在這短短的幾天內死亡了！

這件事引起院內極大轟動，謠言四起，卻沒人知道真相，連警方也沒有具體說明。至於修女的意外事件也徹底翻盤，警方卻含糊帶過，任誰也摸不著頭緒。唯一確定的就是鍾愛玉夫婦已拘捕到案，也有確切證據指出鍾愛玉是幕後主使，她的丈夫則是共犯。

阿啪和一般人一樣霧裡看花，搞不清楚怎麼回事。不過她確信依芳和綠豆絕對知道什麼，只是嘴巴像貼了撒隆巴斯，一點口風都不漏，連一向口無遮攔的綠豆都閉緊嘴，怎樣也不肯多說一個字。

如今事情已過了一個禮拜，這件新聞就像明日黃花一樣，在各家媒體的炒作下失去魅力，無聲無息地消失在新聞版面上，沒什麼人關注這件事了。

阿啪抬頭看著牆上時鐘，還有五個小時才下班，到目前為止仍然相安無事，看樣子住在廟裡果真可以去除晦氣，起碼讓她上班不再怪事連連，如果能讓她悠哉地撐到下班，算是突破她個人的最佳紀錄了。

「唉唷～」一聲淒慘的哀號打破病房內的寂靜，阿啪原本已經遙見周公的身影，現在周公消失得無影無蹤了。

她仔細聽這聲淒厲的慘叫，竟是源自於床簾後方的病床。

唉……才開始享受不多見的悠閒，沒想到又有狀況發生，看樣子她這輩子注定是勞碌命。就算把寺廟當家裡住，也脫離不了「帶賽」的命運，阿啪無奈地想著。

她趕忙和另一個搭檔嚕嚕米衝到床簾後面，一翻開簾幕，就發現裡面的依芳滿臉通紅，床上的年輕男性病患則抱著自己的鼠膝部露出痛苦而猙獰的神色。

這是怎麼回事？

阿啪和嚕嚕米一臉納悶，眼下看起來一點也不像是需要急救的模樣。難道……一向正經八百的依芳想對男病患圖謀不軌？

依芳難堪且急急忙忙地低頭對著病患道歉，又狼狽萬分地匆忙退了出來。

「依芳，妳到底做了什麼？」嚕嚕米一臉好奇，她實在很難想像依芳會做出什麼壞事。

只見依芳滿臉紅通通，尷尬地述說方才情況。

「剛剛病人說他胸悶，值班醫師要我先幫他做心電圖，我原本在他床邊站得好好的，怎知道我的腳去勾到機器的線，一時重心不穩，反射性地伸手想找支撐點，我也沒想到……沒想到……就壓到了他的『啾啾』！」

啾啾?!嚕嚕米和阿帕大笑出聲，為了避免裡面的病人尷尬，只得努力壓低音量。不過一想到依芳為了避免跌倒而將支撐全身的力氣都壓在對方的寶貝上面，這下子下面的疼痛應該是胸痛的好幾倍吧？

「難怪叫得這麼慘！」阿帕差點笑到岔氣，「為什麼妳上班老是幹這種鳥事？我真是服了妳了！若不是現在輪到綠豆休長假，不然她一定會恥笑妳到老！」

呿！依芳瞪了阿帕一眼，就算綠豆沒親眼看到，阿帕鐵定也會把這件事毫不保留地說給她聽，到時還不是一樣要被恥笑到死？

依芳沒好氣地開始收拾心電圖的機器，阿帕則繼續坐在護理站打哈欠。過慣忙碌又帶賽的生活，一時之間真不習慣這樣游手好閒，阿帕忍不住用兩手撐著下巴，嚷著：「這幾天都沒什麼新鮮事，真想來點刺激的！」

依芳立刻怪裡怪氣地回嘴：「想要刺激還不簡單？只要順著我指引的方向往前走，保證刺激到妳這輩子不會再想找刺激！」

依芳這一說，頓時讓阿啪趕緊噤聲，她當然知道依芳在說什麼，只要是她指引的方向，鐵定有鬼……

阿啪和嚕嚕米覺得渾身不舒服。

突然，病房外傳來急促的敲門聲，聲音響亮也就算了，門板還不斷劇烈晃動。但感應器並未將大門開啟，讓人覺得外面有股力量想推開大門，大門直搖晃卻打不開。

不會吧？才剛說想找刺激，刺激就自己找上門了？

三人頓時像驚弓之鳥，阿啪和嚕嚕米連忙躲在依芳背後，嚕嚕米更是小小聲地嚷著：「這麼晚了根本不會有人會客，誰會在大夜班出現在門外？就算是值班醫師或是值班阿長，他們身上都有感應器，絕對不會打不開門！」

「會不會是小偷？」依芳試圖冷靜下來，除此之外她實在想不出其他的可能，除非……

「小偷會偷到這裡來嗎？他幹嘛不去警察局偷東西比較快？」此時阿啪心裡猜想的，就是依芳心裡所謂的除非。

這時依芳拿起對講機，朝著對講機嚷著：「加護……加護病房……你好，請問找哪位？」

怪了，當依芳結結巴巴地講完，回應的竟是一片帶著干擾的沙沙聲，刺耳地讓人感到一陣心驚。

這……這實在太奇怪了，問話不但沒有回答，還夾雜著奇怪的聲響，足以說明現在一切不太對勁。三人的腦袋又開始以不合常規的方式運轉，心臟像盪鞦韆一樣上上下下。

「阿啪學姐，不然……妳去看看好了！」嚕嚕米不怕死地提出請求。

阿啪立即以殺死人不償命的眸光射在嚕嚕米身上，彷彿想在她身上燒出兩個窟窿，她壓低聲音嘶吼著：「妳開什麼玩笑？這種場面說什麼也應該由天師的孫女出馬，我出去豈不是送死？」

天師的孫女？在場有誰的阿公是天師？賓果！只有一個人符合條件，想否認都沒辦法。

阿啪和嚕嚕米以求救的眼神望向依芳，依芳真想假裝沒看到。說實話，她一點也不想做這些吃力不討好的事，除了弄得一身腥外，她實在想不出任何理由說服自己幫忙。

就在三人縮成一團的當下，大門突然被狠狠踹開，門外出現一抹森然又帶著陰暗的身影，向三人節節逼近……

當大伙兒看清門外的人影，差點沒衝上去毒打一頓，沒想到竟然是兩眼發黑、帶著一身狼狽的綠豆。

「妳三更半夜不睡覺，跑到這裡來嚇人做什麼？有感應卡幹嘛不用？對講機又不出聲，難道妳不知道人嚇人會嚇死人嗎？」阿啪吼到破音，自從周火旺事件後，阿啪對靈異現象特別敏感。

「誰沒上班還帶感應器？上次被依芳踹壞的大門還剩對講機沒修好，又不是我不說話！」綠豆急得想跳起來辯駁。

此時大家猛然想起，對講機的確還沒修好，搞得沒感應卡的綠豆只能破門而入，不過到底有什麼急事讓她非選在這時出現？她們看見綠豆兩腳發軟，差點沒跌坐在門口，她一臉疲憊，神色也顯得憔悴，其他三人一臉狐疑。

照理說，護士的排班生活一向不固定，若能排上連續假期，就該感謝阿長的大恩大德，然後開始瘋狂計畫難得的悠哉時光，她為什麼在這時間出現？難道是職業病作祟，睡到半夜也要爬來上班？

不會吧？敬業也用不著這麼拚命吧？

「學姐，妳不是說要回北部看妳爸媽，還計畫去宜蘭泡溫泉，怎麼休假還不到兩天就跑回來了？」嚕嚕米實在搞不懂，有什麼事情比假期更重要？

「妳以為我想回來喔？假期再重要，也比不上依芳，我回來就是為了找她！」綠豆焦灼的眸光停留在依芳身上，似乎想在她的身上找尋一絲慰藉，好洗去她一身狼狽。

此話一出，包括依芳的三人連忙退了一大步，用力地倒抽一口氣，綠豆這麼說……是打算出櫃嗎？

一直以來她都沒交男朋友，原來她喜歡依芳這種的？難怪她始終打扮隨性，說話從不修飾，遠遠看上去還像個男孩子。若不是她的身材太雄偉，實在找不出她哪裡像女人！

難怪她一天到晚黏著依芳，甚至打死都要搬進依芳的寢室，原來她根本心懷不軌，這下子一切真相大白了。

依芳身為當事者，腦中不斷胡思亂想，記憶片段在眼前閃過，劇情已經變成該如何拒絕綠豆的錯愛了。

「學姐，我……我……喜歡的是男人！而且我爸媽還沒這麼開放……」

依芳結結巴巴地嚷著，心想自己怎麼這麼衰，從小到大沒男人緣就算了，唯一一次被人告白，對象竟然是實習單位裡面的精神病患！如今想說應該不會再有讓自己感到挫敗的告白，沒想到真的有，而且還是身材比自己豐滿兩倍的女人。

難道全天下男人都死光了嗎？為什麼只有精神病患和女人才能察覺她的優點？依芳都快哭了。

綠豆看著三人驚慌和帶著曖昧的眼神，頓時察覺這三個人腦中的骯髒思想，連忙挺直腰桿，彷彿宣誓一般地說著：「妳們在開什麼玩笑？難道不知道我這輩子最大的願望，就是可以跟男人玩通宵嗎！妳們兩個不了解我也就算了，阿啪，妳認識我最久，連這都不知道，妳可以去撞牆謝罪了。」

綠豆不知是羞愧還是惱羞成怒地紅了臉，總之她一臉氣呼呼，活像中風前兆。

阿啪搔了搔頭，說實在她的確最明白綠豆的個性，她那一看到帥哥就流口水的蠢樣都不知看過多少次了。

「啊……我怎麼知道是不是幌子？不然妳這麼晚跑來找依芳做什麼？」阿啪拉不下臉地張口囁嚅著。

這時綠豆才猛然想起這次的目的，趕忙抓著依芳的手嚷著：「依芳，快救救我！我又見鬼了！」

怪談病院
第二章　庫房事件（二）

綠豆誇張的表情，戲劇效果十足，說起來她現在這個樣子，反而比較像鬼！

「我真的快受不了了，自從那天晚上後，我就看見好多好兄弟好姐妹。最慘的是，耳邊老是冒出嘰嘰喳喳的聲音，害我根本睡不著！」

說起這兩天的遭遇，綠豆還是餘悸猶存。明明計畫好跟家人一同出遊，怎知道上車瞇了一會兒，半夢半醒間就看見窗外有個老婆婆對著她揮手，她還想怎麼這麼快就到目的地了？

老人家都這麼熱情了，不回應一下也不好意思，於是她很快地也跟著揮手。但是才一揮手，她就看見昏暗的路燈之下，一塊高速公路的路標。

她現在還在高速公路上，車子正在行進中，所以窗外的阿婆是誰？而且……哪個阿婆可以追上時速將近一百的車子？現在已經不流行超人那一套了，別跟她搞個不小心拖著阿婆上高速公路的笑話，這一點都不好笑。

當時綠豆不敢轉頭看窗外，心想自己一定是在作夢，不然就是眼花。她繼續秉持著超級遲鈍的粗神經，乾脆閉上眼睛繼續睡覺，根本不想管窗外的阿婆到底是否存在。

怎知她才剛背對車門縮成一團，正要閉上眼睛，卻突然發現在自己和弟弟的座位中間，還坐了一個人。那個人正是剛剛跟她揮手的阿婆，她咧開嘴表達熱情，綠豆都可以看見她滿口的爛牙了。

她嚇得連一句話都不敢多說，只能拚命地打哆嗦，就怕壞了大家出遊的興致。就這樣阿婆在車上一路坐到底，寒氣逼人的程度，就連她老爸說了好幾個冷笑話，都讓她硬擠也笑不出來。

晚上到了旅館，那更是熱鬧得不得了，她看到許多別人看不到的鬼魂正在旅館四周遊蕩，甚至有一兩個還逗留在她的寢室，不停地碎碎念。只是她實在過於害怕，很難聽出他們在講什麼。一到大半夜，還聽見有聲音喊著：「十八拉！」，隨即爆出骰子撞擊碗公的清脆響聲。

她嚇得把自己包裹在棉被裡，看著另一床的爸媽睡得香甜，打地鋪的弟弟也睡到直打呼，為什麼大家都可以睡得這麼安詳，偏偏只有自己碰到這番遭遇？這可是千載難逢的假期欸！

她縮成一團猛發抖，卻突然驚覺所有聲音全都在一瞬間消失不見了，她屏著氣探出自己的腦袋，想看看是不是所有沒負擔飯店費用而且不該出現在這裡的好兄弟都識相地離開了。

怎知她才剛在心中暗自慶幸地拉開棉被一小角，突然有顆沒有身體的男人頭顱以臉貼臉的距離，出現在她眼前，嘴裡還嘻嘻笑了兩聲，用臺語邀約著：「要過來玩一把嗎？」

「妳們說，我這假期要怎麼過？有個爛牙阿婆當伴遊小姐，還有一兩個孤魂野鬼陪睡不說，三更半夜找咖的賭鬼，再加上周遭的好兄弟都可以辦轟啪了！我能不趕快來找依芳嗎？」

綠豆急忙地結束她的旅遊行程，而且相當強硬地要求家人也立刻打道回府，為的就是她的眼睛竟然看到不該看的東西。最慘的是，還要欺騙家人說單位出了人命，她非趕回來不可！

但說實話，加護單位有哪天不出人命？偏偏綠豆的父母也沒想太多就放行了。

「等等，在依芳回答妳的問題之前，我想先知道是哪一家旅館，以後打死我都不會去！」阿啪急著想知道答案，連嚕嚕米都猛點頭附和。

面對同僚對自己的狀況漠不關心，反而關心要避開那家旅館，綠豆氣得直跳腳。若不是打人犯法，她早就一拳揮過去了。

「我早跟妳說過妳的磁場和鬼魂相近，遲早會開竅，只是時間早晚的問題，妳慢慢就會習慣了！」依芳聽完她那激動的敘述之後，竟然一臉雲淡風清，像在討論天氣一樣的平常。

現在，綠豆終於可以體會依芳的感覺了！只是依芳無法跟鬼溝通，起碼聽不見聲音，但是她不一樣，她所承受的干擾比依芳多更多。

「依芳，算我拜託妳，我不想有這種能力，拜託妳讓它消失行不行？」綠豆苦苦哀求，就算自己愛看恐怖片，也不能強迫自己觀賞現實恐怖片啊！況且她不想成為片中的女主角，通常這種片的女主角都沒什麼好下場。

依芳冷冷地嗤之以鼻，略為幸災樂禍地笑著，「這是妳的天命，就跟學騎腳踏車的道理一樣，學會了就是會了。現在要嘛就靠自己修行來控制這種能力，要嘛就跟我一樣裝死，久了就麻痺了，只要不走火入魔都還過得去！」

「我不相信，一定還有其他辦法！」綠豆永不妥協的個性在這時發揮得淋漓盡致。

她以前覺得老演道士的林正英實在神武過人，當別人的偶像是四大天王，她偏偏就愛林正英，老幻想自己可以降妖伏魔。

這下好了，和她所想的相差了十萬八千里，現在她只想擺脫這麻煩的能力！

「辦法不是沒有。」依芳平靜地回答，彷彿這等大事一點也提不起她的興致。

「什麼辦法？」這下子連嚕嚕米和阿啪也跟著綠豆異口同聲地問。

此時，依芳的嘴邊難得地掛上壞壞的笑容。

「除非……等妳投胎轉世！」

綠豆的整個假期只能用惡夢來形容，除了窩在依芳寢室裡動也不敢動之外，她哪裡都不敢去。只因依芳的寢室如同神明加持一般，除了上次急著伸冤的修女外，不曾出現其他孤魂野鬼，好歹讓綠豆可以安心睡覺。

如今最基本的睡眠需求竟成為整個假期裡最美好的回憶，她還不能抱著棉被猛掉淚嗎？

若不是今天是假期最後一天，又臨時被阿長徵召，不然綠豆完全不想走出寢室。她看著手表，還差十分就九點了，再不快點就趕不上醫院舉辦的在職教育課程了。萬一又遲到，非被阿長念到耳朵起水泡不可。

她快步地走向醫院頂樓的大禮堂，今天是全院性課程，只要沒有值班的醫護人員都必須參加。她剛剛還特地請依芳幫忙占位子，就怕今天人多，萬一要站著上課就尷尬了。

看著周遭熙熙攘攘的人潮，想必大家都和她一樣趕著去上課。這時綠豆忍不住埋怨起來，醫院辦那麼多課程根本要人命，強迫大夜班人員來上課，簡直就是謀殺，難道不知道現在有多少人過勞死嗎？

最可恨的是，上課時間還不加入工作時間，必須浪費自己的休息時間來上課，既無法休息也無法專心上課，上級卻每次都睡飽才來監督，一點都不知人間疾苦。

綠豆一肚子的抱怨，直到走進會場，瞧見阿啪朝著她猛揮手。

她才坐定，就見阿啪急忙地把手伸到依芳面前，直嚷著：「依芳，妳快幫我看看，我到底什麼時候可以轉運啊？」

嚕嚕米一見阿啪伸出手，也趕忙湊過去，「依芳依芳，妳也幫我看看我房間的風水，怎樣才能招桃花啊？」

兩人你一言我一語地直纏著依芳，就連一旁的綠豆都忍不住想擠上來問問自己幾歲才能嫁出去。

依芳的眼神頓時轉為犀利，朝著她們射過去，幾乎是咬著牙地低吼著：「跟妳們說過多少次了，我不是命相師，更不是風水師，除了護理師之外，我沒有其他師字輩的頭銜！」

阿啪見依芳又急欲否認，撇撇嘴傻笑著：「妳多少有些能力，這點小事應該難不倒妳，妳當初看得出我運勢差，總能看出我什麼時候運勢回升吧！」

依芳氣得頻頻深呼吸，心想阿啪真是一點都不死心，只好轉身抓住她的雙肩，凝神專注緊盯著她。

依芳的模樣實在凝重得嚇人，害得阿啪也緊張地直吞口水。

只見依芳一字一句語重心長道：「學姐，相信我，妳之後一定會運勢回升！」

阿啪一聽，嚇得直拍胸脯，卻也鬆口氣地哈哈笑了起來，「我說嘛，我也會有轉運的一天！」

阿啪的笑聲未落，依芳接著補上幾句：「因為妳現在已經衰到谷底，谷底的意思知道吧？就是除了地獄外，已經沒有往下的空間，所以只能往上攀升，但是能攀升多少，就難說了。」

依芳不懷好意地嘿嘿笑了兩聲，登時又害阿啪苦著一張臉，心想她都已經搬到廟裡面住了，運勢還會像股票一樣慘綠到底嗎？

綠豆和嚕嚕米聞言，爆出響亮的笑聲，綠豆壞嘴地嚷嚷著：「妳想轉好運？慢慢等吧！」

阿啪也不甘示弱地回嘴：「我再衰，也不至於一天到晚見鬼，連覺都不能好好睡！」

這下子被說到痛處，綠豆立即收起笑聲，神情黯淡下來。

依芳聽見阿啪音量不小的嚷嚷，連忙出聲制止：「有陰陽眼雖然不是壞事，但是也不值得掛在嘴邊。切記別刻意炫耀自己的能力，這樣只會無端害得人心惶惶，也別因為無知而干擾陰陽平衡。」

瞧依芳一副正經八百的模樣，其他三人連忙收斂神色，畢竟有關神鬼一事，還是聽依芳的比較保險。

這時，禮堂門外傳來一陣吵雜的驚呼聲，是大約六、七人的年輕護士群，看起來和綠豆、依芳差不多歲數。綠豆和阿啪一眼就認出她們，她們是二樓加護病房的護理人員，雖然樓層不同，但是隸屬同一個單位，平時不常共事，偶爾有突發狀況時會相互支援。

「語燕，我之前就一直覺得二樓走道的廁所很陰森，沒想到真如妳所說，好可怕喔！」其中一名護士尖聲叫著。

另一名護士連忙拉著剪著娃娃頭髮型、看起來俏麗可愛的小護士，帶著害怕的語氣道：「語燕，妳說的是真的嗎？我們每天上班都會經過那裡，別嚇我們喔！」

那名叫語燕的可愛小護士神采飛揚地揚揚柳眉，刻意放大音量宣告著：「我不是嚇妳們，因為我真的看得見鬼！」

第三章　庫房事件（三）

這樣的音量，足以讓禮堂裡不少人為之側目，包括綠豆等人。

一向不願意湊熱鬧的依芳也忍不住順著聲音的方向望去，只瞧見她認為髮型有夠拙的護士洋洋得意地繼續宣揚著自己看見了什麼，有多恐怖等等。甚至不亦樂乎地一講再講，紅光滿面的神色，像老兵回憶當年在戰場上的彪炳戰績一樣。

見依芳看著周語燕，綠豆三人全都瞇著眼望著依芳，綠豆更是毫不客氣地問：「妳不是說不能張揚？為什麼她像是被抽到尾牙頭獎一樣四處嚷嚷？她就不怕破壞陰陽平衡？」

依芳睨了語燕一眼，從鼻子裡哼出好大一口長氣，冷冷道：「最好她看得見鬼，看她滿面春風的模樣，現在正是鴻運當頭，連印堂發黑的阿啪學姐都比她有機會遇到鬼。」

依芳一臉不以為然，阿啪卻伸出顫抖的食指指著鼻子，顏面神經像是不聽使喚地猛抽筋，張大嘴巴一句話都說不出來，心底不斷重複依芳說的最後一句話……

這時，語燕她們一票人就在綠豆隔壁的位子上坐定，一群人氣氛越來越熱絡，周語燕的聲音似乎也越來越高亢，而且也越說越離譜。

「語燕，妳真的可以看見鬼？天生的嗎？」

只見語燕微微揚起下巴，滔滔不絕道：「別說我看得見鬼，我從小就跟神明很熟，很多神明都會在我家進進出出，跟我是交情好得不得了的麻吉，好幾次還跟我一起看電視呢！我根本就不怕這些有的沒的，再凶的鬼一見到我，也要躲得老遠，所以妳們只要跟在我附近就對了。」

再凶的鬼也不怕？一聽到這句話，綠豆不以為然地歪著嘴嘀咕著，這句話等她見過周火旺才有資格說吧！

周語燕將見鬼的經歷講得天花亂墜，周遭人帶著崇敬的眼神，不時還發出配樂似的驚嘆聲，搞得只隔一位之差的綠豆心浮氣躁，同時也聽出幾分揑造。

例如她說曾在烈日下見過厲鬼，這就奇怪了，鬼魂若在白天出現，也必須在陰氣極重之地，如果在陽光下，沒有遮蔽物，會因為強烈的光線導致魂飛魄散。

再者，她說自己常插手干涉鬼怪作祟，但又說不出具體的方式，說得好像全天下的鬼都怕她。

「例如上次三樓不是關病房嗎？那也是鬼怪作祟，我遠遠地就感到不對勁，一看就知道是相當厲害的鬼……」周語燕繼續朗聲說著，但她這一提，倒是引起綠豆的興趣了。

這一回周語燕說的倒有幾分真實，難道她真的看得見鬼？也知道周火旺這號人物？這麼說來，她也稱得上有幾分實力嗎？

看樣子這周語燕或許真有兩把刷子，搞不好這次是依芳看走眼了，綠豆在心底暗忖。

只見周語燕繼續大言不慚地說著：「當時那隻鬼說有多凶就有多凶，是著名幽靈船的船長，聽說在臺中衛爾康載的幽靈數量不夠，所以經過我們這地方，說什麼也要湊齊。若不是我趁著關病房時上去和鬼船長溝通，怎可能這麼早開病房？說什麼都還要再多帶走幾條人命！」

臺中的衛爾康大火相當有名，如果大家沒記錯的話，傳言中幽靈船的發源地就來自於此。想當年眾人表示看見幽靈船在衛爾康上方盤旋，就為了吸收靈魂，如今大家一聽到幽靈船開到自家醫院來，哪個不是驚呼連連？

唯獨綠豆一聽，差點沒被自己的口水嗆死，這傢伙到底在鬼扯什麼？竟然連衛爾康這歷史悠久的店名都出現了！而且周火旺什麼時候變成幽靈船長了？和周火旺正面對決過的她差點衝動地起身吐槽。

但是這口氣她忍下來了！

綠豆隨即打算叫依芳起來反駁，再怎麼說靈異領域也是她比較有分量，說這種話才會有人相信。

她滿懷激昂，一副做好準備吵架的氣勢，轉頭才發現依芳早已在座位上呼呼大睡，頭歪一邊，還快流口水了。

「這傢伙……搞什麼？」綠豆氣急敗壞，什麼鬥志全都煙消雲散，在這種需要同仇敵愾的時候，她竟然倒頭就睡？

再怎麼說，冒著生命危險和周火旺惡鬥的人是她們耶！為什麼有人沒出半點力，光靠一張嘴就獲得大家崇敬的眼神？大家該崇敬的是她和依芳吧？為什麼平白無故讓人搶了功勞？

現在連想要辯解，其中一個當事人還不要不緊地睡得香甜，這能不叫綠豆為之氣憤嗎？

一股怒氣無處宣洩，綠豆只能看著依芳的睡臉生悶氣，一臉不服！

「不好了不好了！」突然禮堂外面傳來激動刺耳的喊叫聲，連以睡功著稱的依芳都被驚醒。

只見禮堂外面衝進一名醫院的行政人員，直奔坐在禮堂最前端的新任院長身邊。

「舊院區……又出人命了！」

舊院區又出人命？約瑟神父在那裡死亡還不滿一個月，現在竟然又出事？

綠豆和依芳兩兩相覷，眼底充滿震驚，那裡的陰森詭異自己親身經歷過，自然也知道那裡的環境有多麼凶險。那裡不已經是廢棄的荒地了嗎？為什麼還有人靠近那裡？

這樣驚悚的消息，前來通報的行政人員身邊自然圍了一大群人，想要得知進一步的訊息，其中一人就是綠豆，毫不猶豫地擠進人群裡探頭探腦。

只見院長身邊的行政人員神色慌張地說著：「院長，那裡……那裡真的不適合重建……挖土機才剛開挖，整臺機器突然莫名翻車，不但當場壓死操作的司機，連帶壓死了另一名工人。其他受傷的工人還有兩名，現在正在急救，傷勢嚴重，恐怕……」

此時，新任院長不耐煩地轉過頭瞪了所有人一眼，尤其是通報的行政人員，冷哼道：「那只不過是意外，你別一副大驚小怪的模樣，這只能怪他們自己不小心，跟舊院區有什麼直接關係？」

綠豆一臉詫異地看著新任院長，心想這院長未免太有個性了，事已至此，還這麼鐵齒？

這位新任院長江國生是之前外科部的主任，自從約瑟神父出事後，就由他接任院長職務。本以為醫院會有一番新氣象，沒想到他上任第一件事就是重整舊院區，作為日後建設醫療大樓做準備。

聽說他是無神論者，雖然這裡是宗教醫院，但他什麼也不信，不但對舊院區的傳聞嗤之以鼻，甚至認為是妖言惑眾，相當排斥。

新官上任三把火，第一件事就是要剷除這種讓人不安的謠言，不但下令拆掉舊院區僅剩的庫房，連開工前的祭拜儀式也都免了。

「可是……可是……大家都知道舊院區的傳言，現在又鬧出人命，根本沒有人敢開工！」行政人員結結巴巴地說出事實。

並不是所有人都跟江國生一樣是無神論者，對於自然界發生的不可思議事件都相當重視，也相當謙卑，面對這種事，大家自然是敬而遠之。

江國生憤憤地瞪了行政人員一眼，惱羞成怒地吼著：「這家不敢施工，不會找別家嗎？這點小事還需要我交代嗎？」

行政人員自認倒楣地嘆口氣，畏畏縮縮地退出禮堂，經過依芳身邊時，依芳看得出他一臉的不甘願。

「你們在做什麼？還不回自己的位子上課？」江院長暴怒，讓周遭所有人立即用最快的速度回到自己的座位，生怕慢了一點，就會被掃到颱風尾。

這時綠豆發現，當所有人全擠在江國生附近時，唯有依芳動也不動地繼續坐在位子上。綠豆知道依芳雖然和她們交情還算不錯，但她本質其實很冷漠，並不是她不重情，而是不喜歡多管閒事，也不喜歡湊熱鬧。

若不是她們因緣際會地陷入突發狀況，恐怕也會和一般人一樣，完全不瞭解依芳真正的個性和實力。

「依芳，難道妳一點都不想知道發生什麼事嗎？」綠豆湊到依芳面前，一臉沉重地盯著她。

依芳一見到她的表情，立即撇開視線，想也不想地回答：「我一點都不想知道，妳也別跟我說！」

依芳完全不感興趣的模樣讓綠豆非常失望，連忙接著說：「妳怎可以不想知道？那裡又出人命，妳能放著不管嗎？」

只見依芳緩緩地抬頭看了綠豆一眼，冷不防道：「管了，出人命的就有可能是我們！那裡不是我們有能力多管閒事的地方。」

第四章　庫房事件（四）

雖然依芳每次遇到這種事都很冷淡，但綠豆知道她這個人就是嘴硬心軟，故意在她耳邊嚷嚷：「前兩回也說管不了，結果還不都是靠妳解決？這一次咱們不進庫房，站在外面看看現場也好啊。」

「前兩次還不都是妳拖我下水？」一說到這個，依芳就一肚子氣，為什麼她就是擺脫不了綠豆的糾纏？「我能管什麼？人命的事請交給警察，我能插什麼手？而且妳別忘了，上次我們差點走不出來，這條命是撿回來的！我們進去警察局，只差沒跪下求警察大人萬萬不能公開案件，這件事到現在還沒辦法定案，妳想再進去一次嗎？」

想到上次鍾愛玉的事件，綠豆的臉果如其名，一片慘綠。

上回她們被帶回警局做筆錄，若不是兩人分開做筆錄，大家要不以為她們是精神病患，就是認為兩人串供。

還好當時物證還算齊全，加上鍾愛玉也相當配合地全數招供，徹底洗刷兩人的嫌疑。但是整件案情過於離奇，甚至驚動了警察局長，當時就連警方都不知道該如何宣告破案。還好在依芳強力要求下，警方答應不公開完整案情，只提出鍾愛玉犯案的正常手法，有關邪術方面隻字不提。

由於此案過於特殊，警方表示願意配合，也因為所有罪證都過於詭異，整件事還牽扯到一年前的修女案件，所以警方持保留態度。目前他們還在頭痛該如何處置鍾愛玉的丈夫。

想到先前一連七天都往警察局報到，綠豆不禁流露出驚恐的神色，那幾天兩人強烈要求保密身分，不然被家中父母知道自己多事而進了警察局，只怕會被打到脫一層皮。

那幾天的遭遇讓她忍不住打哆嗦，雖然想再多勸依芳幾句，只要一想到種種可能的下場，就提不起勁了，只能悶著一肚子的牢騷，嘟嘴盯著禮堂前方的課程主講人員。

結果定眼一看，今天的主講人竟然是馬自達？

綠豆趕緊揉了揉眼睛，確認自己沒看錯。

她並不是訝異馬自達有資格當全院在職教育的主講者，而是他的背後……怎麼跟著一名半透明老頭子？

凌晨的加護病房並不如窗外的夜景寧靜，反而是一片機器運轉聲交織的吵雜交響曲。當然忙碌的不只有機器，還有當晚的值班人員，看著今天的急救陣仗，就知道阿啪的功力再度恢復，大家忙得不可開交。

今天的值班醫師正好是馬自達，只見他揮汗如雨地按壓著病人的心臟，床頭上方的心電圖仍舊是一直線。

綠豆抬頭看著牆上的時鐘，冷靜道：「急救已經超過半個小時，瞳孔放大，完全測量不到任何生命跡象，可以宣告……啊！」

綠豆一聲驚天地泣鬼神的慘叫讓所有人嚇得抖了一下，所有焦點都集中在綠豆身上，心想她慘叫什麼？發生了什麼事？

「那……那個……那個……」綠豆頭看著床頭上方，只見從病患的天靈蓋中竄出一抹白色的輕煙，不一會兒便化成病患生前的容貌，在上空俯瞰他們，甚至還跟始終黏在馬自達身後的老頭子打招呼。

綠豆沒想到會突然多出一個幽靈，差點嚇得連自己也跟著靈魂出竅。這時依芳連忙搶著出聲：「哎呀！學姐怎麼這麼不小心，竟然被電擊器電到了！」

依芳尷尬地嘿嘿笑了兩聲，隨即給綠豆一記警告的眼神，綠豆也隨之胡亂地點頭應和。

阿帕不疑有他，連忙檢查機器，嘴裡還喃喃念著：「我明明關了機器，而且機器有安全裝置，怎麼被電到的？」

這邊阿帕還在一頭霧水，那邊馬自達已經宣告了死亡時間，綠豆和依芳正忙著幫病人善後。

這時在頭頂上的幽魂緩緩地飄到綠豆身邊，綠豆頓時停止呼吸，緊閉著眼睛，想來個眼不見為淨，但是耳邊陣陣陰風讓她頭皮發麻不已，連背脊也陣陣發涼，這阿婆幽魂也真是奇怪，跟在自己旁邊做什麼？

「小姐，我阿那達特地來接我，我要跟他去看看兒孫們，這段時間真是謝謝妳的照顧！」阿婆幽魂的嗓音雖然飄飄忽忽，語氣卻相當誠懇，像煙霧一樣的臉孔散發著慈祥，和之前遇到的鬼魂完全不同。

綠豆看著今天一直跟在馬自達後面的老頭，他也朝著綠豆憨憨一笑，原來他是阿婆的丈夫啊。今天病房正好是馬自達值班，阿婆一定是想經由馬自達的手送走她，難怪老伯伯一直跟在旁邊，等阿婆往生。

這對老夫婦一看就知道是老實人，感覺死亡對他們而言並不是結束，而是重逢的開始，只見兩人的手緊握在一起，綠豆沒來由地感到一陣溫暖，頓時熱淚盈眶，感動得不能自己。

這時阿啪察覺綠豆的異狀，連忙湊到她面前，驚呼道：「綠豆，妳哭什麼哭啊？妳認識這位阿婆嗎？平時送走那麼多病人，也沒見妳哭成這樣。」

吼！正在感動的時刻，阿啪出來湊什麼熱鬧？綠豆超想把阿啪推開，現在卻只能想理由搪塞，畢竟真正的原因不能說！

「我ＭＣ快來了啦！這是經前症候群作祟，妳別理我！」綠豆慌張地擦乾眼淚，眼角瞄到那對公婆幽魂已經離開病房了。

這時依芳已經將遺體整理得差不多了，也通知家屬了，綠豆悶著頭坐下寫急救紀錄。

這時，馬自達卻挨了上來，縮在綠豆身邊，刻意壓低聲音說：「綠豆，今天是我值班，等一下我要回值班室了！」

馬自達這麼靠近，讓綠豆渾身不自在，雖然大家傳言馬自達想追她，而她的確也很哈男人，但她還不到飢不擇食的地步，現在只想跟這位壯碩的馬先生保持適當距離。

綠豆刻意拉開兩人之間的距離，用狐疑的眼光看著他，「你要回值班室就去啊，幹嘛跟我報備？」

「不……不是啦！」馬自達羞紅了臉，扭扭捏捏地說不出幾個字，見到他這模樣，實在很難不讓綠豆往壞的方面想。

這傢伙該不會腦中浮現了什麼邪惡思想吧？雖然她平時沒什麼女人味，說到底還是貨真價實的女人，尤其自己的身材只有火辣兩個字能形容，的確很容易引起男人的犯罪欲望，但是……她也是會挑對象的好嗎！

「妳知道現在大家都在傳言二樓的廁所有鬼，我的值班室正好會經過廁所，所以……我想請妳陪我回值班室……」馬自達欲言又止地抬頭望著綠豆，露出流浪狗般的祈求眼神。

搞什麼？綠豆頓時變臉，五官表情猙獰，這傢伙到底是不是男人？今天被鬼跟了一天，她才應該要害怕吧？搞了半天，原來是他怕鬼？竟然要她這個小女子當他的護草使者？他到底有沒有把她當女人看啊？

可恨！綠豆忍不住在心底咒罵，她的心情更複雜了。

「你一個大男人怕什麼鬼？這裡沒你的事，快點回值班室！」綠豆扯開喉嚨吼著，滿腔怒火簡直將她吞噬，這馬自達真有能耐，幾句話就讓她頭冒火光，上面擺個鍋子都可以煮火鍋了。

馬自達也搞不清楚綠豆幹嘛這麼生氣，不想陪他去就算了，何必這麼凶？實在沒辦法，他只好摸摸鼻子，以最快的速度跑回值班室。

身後的綠豆還是一臉氣憤，不過卻也慶幸當初聽了依芳的建議，沒告訴馬自達他身後跟了一個飄浮的老頭子，否則他肯定會嚇到精神崩潰。

「並不是所有跟在身邊的鬼都有惡意，有時他們只是路過，或有什麼事情引起他們好奇，暫時停留而已。看馬醫師眼睛有神，上臺講話鏗鏘有力，這都不是卡到陰的跡象，暫時不需要擔心。妳跟馬醫師說了，只是徒增他的困擾而已。」

當初依芳悠哉悠哉地說著，那時綠豆還暗自認為她見死不救，沒想到還真如她所說。

現在她慢慢明白為什麼依芳總是很低調了，她不想造成周遭的恐慌，看不見鬼的人如同瞎子，對於看不見的事物會感到害怕，所以會妄加想像，導致自己疑神疑鬼、心神不寧。

正當綠豆低頭沉思時，阿長自大門走入，迅速地看了依芳一眼，「依芳，妳跟我進會議室一下！」

正埋頭做事的依芳聽見阿長的聲音，嚇得立即站好，看著護理長已經走進單位後方的會議室，連忙用眼神向綠豆求救。同樣是泥菩薩過江的綠豆只能聳肩搖頭，連她也搞不清楚怎麼回事，只能用同情的眼神表示——多多保重！

依芳踩著異常沉重的腳步走向會議室，腦中不斷回想著自己所做的每一件事，到底誰能告訴她……她又做錯什麼事了？

怪談病院
第五章　庫房事件（五）

一走進會議室，偌大空間裡只有空蕩蕩的桌椅，四面雪白的牆就如同依芳的臉色，她只覺得呼吸困難，忐忑不安的心情讓她舉步維艱。只見阿長一臉凝重地坐在其中一張椅子上，平時不苟言笑的表情顯得更加嚴肅，讓她嚇得手腳發軟。

阿長看了她一眼，拉了拉身邊的椅子，意示她坐下，隨即問：「最近狀況還可以嗎？」

今天阿長是夜班護理長，應該不可能閒來無事地找她話家常，依芳平時在臨床上的表現雖稱不上獨當一面，也算勉強過關。除了上次把感應門踹壞外，她不記得自己犯過什麼大錯啊。

「我……我覺得還不錯啊。」依芳小心翼翼地觀察阿長的臉色，膽戰心驚地回答。

阿長開始微微皺起眉頭，話到嘴邊又硬生生吞了下去，似乎不知如何開口。

見她一臉為難的模樣，依芳心底頓時浮現不好的預感，難道……阿長要炒她魷魚嗎？天啊！她到底做錯什麼事，有需要在大半夜告訴她這壞消息，不能等到白天再說嗎？

阿長猶豫了好一會兒，似乎下定決心了，對依芳道：「依芳，接下來我問的問題，妳一定要老實回答我！」

這麼嚴重？依芳的手心開始冒汗，如果真的要炒魷魚就快點說，省得她在這邊如坐針氈！

「妳老實告訴我，二樓廁所真的有鬼嗎？」阿長以相當嚴肅的口氣問。

聞言，依芳有點反應不過來，她該慶幸自己沒被開除，還是訝異阿長神祕兮兮，只因為最近的傳言就搞得這麼慎重？

「阿長，妳問我這個，我怎麼會知道？」遇到這種情況，反正就是裝傻到底。

光是被綠豆她們幾個知道自己有陰陽眼就讓人頭痛得睡不著了，她可不希望再有其他人給自己添麻煩。

怎知阿長卻一臉不信，「上次關病房的事，我礙於上面的話，不得不把妳的警告放在一邊。經過那件事，妳真以為我會不知道妳的能耐嗎？現在醫院一再謠傳二樓廁所有鬼，不但造成醫院內部的恐慌，連院外也是聞風變色，那誰還敢來我們醫院？因為對醫院的影響甚大，我才特地來跟妳確定一下，這件事牽涉到院方的營運，妳最好老實回答我。」

阿長真不愧是見過世面的老狐狸，連醫院營運都搬出來了，這能叫她不屈服嗎？

何況依芳也知道堅稱見鬼的那個「人」，正是今天在禮堂遇見的周語燕，任誰聽了她那信誓旦旦的說法，不相信都難，若不是她天生的能力，連她也會堅信不疑。

「我不會說醫院沒鬼，因為這是絕對不可能的。」一提到這個話題，依芳整個人的氣勢完全不同以往，渾身散發一種內斂的神采，「人的軀體裡本來就存在靈體，一旦生命結束，靈體會在此地稍作停留也屬正常。如果按『某人』的說法，二樓廁所存在的是靈體久聚不散形成的地縛靈。據我所知，這種說法根本就是裝神弄鬼！」

依芳的說法讓阿長忍不住低頭沉思，只能繼續說：「依芳啊，我一直都相信妳的能力，妳能不能站出來替醫院闢謠？妳知道現在醫院人心惶惶，甚至二樓的夜班人員全都不願意上夜班，這讓我很頭痛啊！」

依芳無奈地嘆口氣，「阿長，先別說我不想讓人家知道我有陰陽眼，就算我說了，別人也不見得會相信……」

「阿長，不好了！」依芳的話還沒說完，就聽見綠豆在會議室外面大聲嚷嚷，一點也不把這裡當成醫院。

「剛剛總機打電話來，說有病人半夜溜到舊院區，竟然在庫房裡上吊自殺了！」

舊院區一而再再而三地出人命，這下子真的事情大條了，怎麼會有病人哪個地方不挑，偏偏挑舊院區的庫房自殺呢？

今夜實在太不寧靜，一堆人聚集在舊院區，阿長到場時，只見平時壯碩又一臉橫肉的警衛，竟然害怕地渾身顫抖，怎樣也不肯進去庫房裡再多看自殺的病人一眼。

「實在……實在太奇怪了，第一次看到有人脫下自己的褲子，分別綁在橫梁上，然後把頭伸進兩腳褲管之中，勒著脖子自殺！而且他離地起碼有半人高，腳下又沒有任何墊高的物品，當初是怎麼把脖子套進去的？即使原地跳也不可能跳到這麼高啊……」前來的檢察官經過一陣嘔吐後，納悶地分析著。

檢察官也算見過許多大場面，他卻是第一次見到這樣自殺的人，不但情況離奇，還相當噁心。病人死亡不到一個小時就收到通報了，死者身上竟已散發出濃厚的臭氣，聚集了蟑螂老鼠爬滿全身。當他們抵達時，屍體已被啃咬得血跡斑斑，掛在梁上的屍體還在滴著血，滴滴答答的聲音讓人發毛。

鑒識人員上前勘察的時候，還有一隻肥大的老鼠從屍體嘴裡鑽出，還叼著死者的舌頭……

見到這幅情景，不少年輕的工作人員都跑到外面大吐特吐，連見多識廣的檢察官也忍不住胃部翻絞，將晚上的宵夜全吐了出來紛亂的場面裡，突然出現了一輛小巧可愛的紅色Mini Cooper，裡面鑽出一名身高約一百八十公分的年輕男子，這樣的身高和那造型迷你的車款實在很不搭。

「孟組長，這樣的自殺案件怎麼也勞動你出面了？」檢察官一臉蒼白，同時疑惑不已，通常自殺案件交由檢察官或法醫確認有他殺嫌疑後，才會通報警方。怎麼這回連組長都親自出動了，而且還是刑事局組長，未免太過奇怪了吧！

孟子軍上前看了屍體一眼，他是現場唯一一個沒有對屍體做出反應的人。只見他面無表情地點著頭，敷衍似地說著：「沒什麼，接到消息就順路過來看看。」

這裡接二連三地出人命，警方早就察覺不對勁，先是神父，再來是工地工人，現在竟然連病人都能死在這裡，實在太離奇了。

在場唯一的女性正是阿長，雖然她長期在加護病房工作，但是也從沒看過這麼可怕的屍體，她差點沒暈過去。

她不斷地埋怨自己怎麼這麼倒楣，偏偏選在她值班時出事，今晚的事情足以讓她作好幾晚惡夢了。

這時，眼前突然有人遞上了一條方格手帕，阿長一抬頭，正好瞧見孟子軍那張好看的臉，深邃的眸光流露著善意，大小適中的薄唇正漾著體貼的微笑。眼前的人雖稱不上俊帥，但略為凌亂的短髮貼在耳際，剛硬的線條刻畫在臉上，英挺的劍眉和高聳的鼻梁更襯托出一臉的氣宇軒昂，整個人充滿著陽剛的男人味。

簡單來說，是個型男。

阿長頓時心懷感激地接過手帕，一反剛才的埋怨，轉而感謝上蒼讓她有如此際遇，完全忘了自己是個已婚婦女，還是兩個孩子的媽。

孟子軍親切地彎著腰，看著阿長身上的制服，不用想也知道她是院方的醫護人員。

阿長見男子靠近她，原本就跳得不慢的心臟跳動地更加劇烈，她好久沒跟老公或是病人外的男人靠這麼近了，且還是她最喜歡的類型。

頓時讓她找回失落的青春……

「我想請問一下，林依芳小姐今天有上班嗎？」

孟子軍揚起有別於此時凝重氣氛的燦爛笑容，突然天外飛來一筆，竟然指名要找依芳？

怪談病院
第六章　庫房事件（六）

「我就知道庫房那邊遲早會出事！依芳，已經好幾條人命了，新來的院長不管，妳也忍心袖手旁觀？」綠豆又開始在依芳耳邊大聲嚷嚷。

綠豆這人呢，到底是古道熱腸，還是多管閒事？不管是哪一種，顯然她的智商都不及格，難道她真以為那種地方是遊樂園，可以自由進出嗎？

面對綠豆老調重談的依芳，假裝自動消音，根本懶得回嘴。

綠豆正想趁勝追擊時，阿長突然帶著一名男子走了進來。

當依芳和綠豆確認那男人就是孟子軍後，馬上緊張得大眼瞪小眼，兩人不約而同地心想，當初大家不是說好鍾愛玉的案件結案後，彼此井水不犯河水，大家假裝不認識嗎？怎麼他今晚又出現在這裡？

「依芳，妳朋友有事找妳。」阿長一臉笑盈盈，完全不像平時凶神惡煞的模樣。

「我……我正在上班耶。」依芳趕緊低頭裝忙，通常警察局的人出現，八成不會有什麼好事。一旁的綠豆根本連看都不敢多看孟子軍一眼，慌張地緊跟在依芳的屁股後面裝忙。

哪知一向工作至上的阿長卻走過來，拿走依芳手上的病歷，溫柔似水地輕輕笑著，「唉唷，天都快亮了，事情也差不多忙完了，妳有什麼事就交給綠豆和阿啪就好，別讓妳朋友等太久。」

阿娘喂～阿長溫情的時候，簡直比遇鬼還恐怖，綠豆三人當場有種寒氣直竄腦門的感覺。

但阿長根本沒有多餘的時間讓依芳思考，直接把她推入後面的會議室，隨後孟子軍走了進來，阿長還貼心地把會議室大門關上，生怕有人干擾。

「林小姐，請坐，我又不是來抓妳的，幹嘛一臉緊張？」孟子軍好笑地看著依芳，她的臉色就像是小學生遇到老師一樣，慌張地連站都站不好。

「孟組長，當初說好我和綠豆是祕密證人，警方絕不會透露我們的身分，現在案子都結束了，你怎麼還直接來找我？」她一臉鐵青，生平最痛恨麻煩事，偏偏所有麻煩都找上她。

孟子軍看了依芳一眼，想起當初他扛下鍾愛玉案件時，被局長罵得狗血淋頭不說，連報告都被摔在地上。但當時林依芳卻臉不紅氣不喘地說明整個案件，甚至連測謊機器都抓不到絲毫破綻。當下他也不敢置信，但又沒有任何證據能推翻依芳的說法。

整個案情離奇怪異，依芳和綠豆又有證據洗刷嫌疑，別無選擇的情況下只能依照上面指示，公開合理的官方說法，並對當事者的身分給予保密。原本以為棘手案件已經告一個段落，沒想到同一個地點又接二連三地出人命，這能叫他們警方視而不見嗎？

「林小姐，我這次前來，不是為上一次的事件，而是以朋友的身分，想和妳聊聊這幾天發生的意外。」孟子軍相當委婉地解釋，臉上掛著招牌微笑。

要知道，孟子軍雖是警察，卻是屬於悶騷一族，健壯的身材和有型的臉蛋，讓他收集情報時無往不利。面對不識相的男人就採拳頭攻勢，一旦遇到女人，立即採取親和攻勢，靠他自信滿滿的外型，很容易就能軟化對方的心。

但眼前的林依芳，好像不吃那一套。

「我說孟組長，這裡是醫院，我只是一個小小的護士，有事應該找我的上司吧？」依芳刻意伸出自己的小拇指，死活都不想搭理眼前的孟子軍。在她眼中，孟子軍和綠豆就是同等級的生物，還是少惹為妙。

「林小姐，妳我都知道這件事沒那麼簡單，上次施工的工人兩死兩重傷，我看過現場報告，不是人為和環境的因素造成挖土機翻車，到目前為止還找不出合理的解釋。

「剛剛自殺的病人更詭異，正常的人要上吊，起碼需要墊腳的物品，現在這屍體離地半人高，周遭卻沒有任何可以利用的物體，重點是警方確定這不是他殺，那他是怎麼把自己吊上去的？我知道妳也不是簡單的人物，希望妳老實告訴我，庫房裡到底存在什麼東西？」

孟子軍的神色越來越凝重，依芳的臉色也好不到哪裡去。她緩緩靠近孟子軍，輕輕地壓低聲音道：「孟組長，你知道在那麼老舊的庫房裡，當然是……」

看著依芳臉上隱約的神祕，孟子軍立刻湊上自己的腦袋，想把她的聲音聽得更清楚一點。

「當然都是放著廢棄物啊！」依芳露著狡黠的笑容，踏著輕快的步伐走了出去。

依芳和綠豆睡到晚上六點才起床，兩人沒什麼計畫，便睡眼惺忪地到員工餐廳內用餐。

說實話，員工餐廳的菜色實在爛斃了，但起碼還能填飽肚子。在有限的經濟條件下，實在沒有更好的選擇了。

醫院說大不大，說小不小，一到用餐時間，餐廳裡總是擠滿了人。綠豆和依芳好不容易才找到空位，準備坐下來好好吃飯，怎知不遠的前方正好是周語燕一群人。當一桌子的女人超過三個以上，那麼鐵定吵翻天，更別說周語燕一群人大約可以湊兩桌麻將了。

大家都緊跟在周語燕背後，好像這樣就能獲得神明庇佑一樣。

整桌的人不是討論二樓廁所裡有鬼，就是討論庫房的詭異現象，尤其是周語燕，講得好像舊院區庫房是她家廚房一樣，什麼都瞭解得不得了。最離譜的是，她竟大言不慚地表示，庫房裡住了一群厲鬼，若不是她前去交涉，只怕新院區也會有不少人慘遭毒手等等。

聽她講得好像真有那麼一回事，餐廳裡不少人也趕忙拉長耳朵想聽個仔細，唯有綠豆一臉不屑，轉頭對低頭吃飯的依芳皺眉道：「聽她在亂說也無所謂嗎？就連周火旺都被她講成是幽靈船長，妳真的一點都不介意？周火旺明明是我們兩個人擺平的，為什麼現在全是她的功勞？」

依芳抬頭看了周語燕一眼，無關緊要地說著：「要說就讓她去說，時間一久，她的狐狸尾巴自然會露出來，難不成妳現在要衝上去跟大家說周火旺是妳解決的？誰會相信妳？」

綠豆氣得要摔筷子了，有時她真的很受不了依芳，為什麼她就是這麼冷淡？已經出人命了也能置之不理，難道不怕繼續出意外嗎？還任憑周語燕四處造謠，造成醫院恐慌不安，她一向最厭惡這種行為，為什麼依芳制止她說出見的事實，反而任由周語燕胡說八道？

「林依芳！」這回綠豆鐵青著臉，連名帶姓地喊著她的名字，「我真是看錯妳了，如果妳阿公知道妳是個膽小鬼，早在妳一出娘胎，就該把妳掐死！」

綠豆說這話，已經說得很重了，當下氣氛瞬間凝結，依芳停下手中的筷子，直直地盯著綠豆好一會兒。

想想剛剛似乎話說得過重了，見依芳的眼神似乎隱含殺氣，綠豆緊張地直吞口水。

下一刻，依芳爆出爽朗的笑聲，笑得上氣接不了下氣，「別忘了，當初我阿公司可是全村最膽小的男人，何況面對危險卻無所畏懼的人不叫勇敢，而是無知，我只是不想當無知的人！庫房的事，不是我不肯幫忙，而是幫不上忙，唯一可以確定的是，只要我們不去招惹他們，他們也不會出來。除非有人白目到自找死路，例如當初我們兩個跑進去找行李箱，否則我敢擔保那些好兄弟姐妹不可能離開舊院區作怪。」

見依芳說得很肯定，讓綠豆滿腹疑惑，「妳怎麼能這麼肯定？都出人命了。」

「我當然肯定……算了，免得妳之後又一直拿這件事煩我，我就直說了。妳還記不記得那天我們被抓進去警察局後的隔天，我們回舊院區看了一會兒？」

綠豆想起當天的情景，是想忘也忘不了，那時她們從警察局回來，第二天一早還擠在人群裡看著員警們勘察。

「那天，我就發現一件事。」依芳刻意壓低自己的聲音，「有人在舊院區的四周布下結界，雖然之前被施工的工人破了，但庫房外還是有厲害的鎮煞咒，外加配合五行陣法，裡面的怨魂絕對出不去。雖然我不擅長布陣，但我看過我阿公布過相似的陣法，既然有疑似高手的人在此鎮煞，我們介入反而壞事。」

「有高手？那會是誰？」綠豆一臉驚訝，難怪依芳總是老神在在，「那為什麼還會有病人跑進去上吊自殺？太詭異了！」

依芳沉思了好一會兒，才緩緩道：「符咒只能壓制群魔在一個空間，但無法阻止人類進入。這點我也百思不得其解，為什麼那個病人非得跑去那邊自殺？重點是，他真的是出於自願嗎？」

說到這裡，兩人臉上浮現一陣陰霾，病人是怎麼回事？高手又是誰？能夠擺陣鎮煞，想必是道家高手。

「對方既然這麼厲害，為什麼不乾脆收了庫房裡的髒東西，免得他們繼續危害人命啊？」綠豆的疑問也是依芳的問題，但任憑她們想破頭，答案還是無解。

此時，依芳開玩笑似地指著周語燕，輕聲說著：「搞不好周語燕就是高人，每次聽她講庫房的事都跟真的一樣，老說和神明是麻吉，妳請她跟她的麻吉說一聲不就得了？」

「妳開什麼玩笑！」綠豆一聽，忍不住激動地嚷了起來，「周語燕一看就知道是神棍，張嘴就胡說八道，憑嘴上功夫就想到舊院區的庫房收妖，妳是想多害一條人命嗎？」

綠豆一說完，餐廳內立即陷入一片寂靜，只見大家全看著她們，誰也沒敢多說一句話。

綠豆錯愕地看了依芳一眼，只見依芳渾身緊繃地直冒冷汗，小聲怒罵著：「妳說那麼大聲做什麼，全醫院的人都聽到了！」

「我……我以為我說得很小聲嘛……」綠豆恨不得立刻去撞牆，說壞話還被當事人聽見，豈不是給自己找麻煩嗎？

正當場面一片尷尬時，只見周語燕一臉氣憤地端起桌上的餐盤，踩著憤怒的腳步離開餐廳。

綠豆嚇得直擦汗，嘴理不斷地嚷著：「嚇死我了，我還以為她要拿著剩菜剩飯往我臉上砸呢。」

「學姐，我真的遲早有一天會被妳嚇到心臟衰竭！妳身上的螺絲能不能栓緊一點？再這樣下去，我會被妳害死，我可不想走不出醫院大門。」

綠豆尷尬地嘿嘿笑了兩聲，繼續低頭扒飯，怎知扒沒兩口，突然有人驚慌地跑了進來，嘶吼著：「剛剛語燕生氣地衝出去，往舊院區庫房的方向去了！」

聞言，綠豆嚇得把嘴裡的飯全噴在依芳臉上……

第七章　庫房事件（七）

依芳從懂事以來，就不曾像此刻一樣氣得渾身發抖，她氣的不是綠豆噴了她滿臉的米粒，而是氣周語燕的不知死活！

以往周語燕不論說得多誇張，依芳都選擇聽而不聞、視而不見，但現在她竟然為了賭一口氣，甘願冒著生命危險進入庫房？這樣愚蠢的送死行為，讓依芳的胸口激動起伏久久無法平息。

綠豆一見依芳變了臉色，當下也不敢多說話，畢竟是她闖的禍，連她都不知道如何收拾才好。

「還愣著做什麼？趕快把人攔下來，否則只怕周語燕有去無回！」依芳連桌上的餐盤都來不及收拾，趕忙往舊院區的方向奔去。

綠豆二話不說尾隨在後，不一會兒餐廳就引起不小的騷動，不少人雖然想跟著去看好戲，卻也不敢真的靠近。

當兩人接近庫房時，依芳發現天空籠罩著一片黑壓壓的烏雲，詭異地形成漩渦狀，不斷在庫房上盤旋不散，四周陰風狂嘯，颳得臉隱隱生疼，原本會四處走動的流浪狗一時之間消失無蹤，除了風聲，這裡靜得出奇，連一絲蟲鳴聲都沒有。

看身後跟了一大票人潮，依芳心中頓時大叫不好，因為施工的人為因素，外圍結界已破，如今只剩庫房外的結界還有用，若是一大群人湧進庫房，只怕破了結界，又會無辜丟了幾條人命。

「等等！」依芳突然厲聲大喝，帶著權威和不可違抗的霸氣，「誰都不准再上前一步！」

所有人登時僵在原地。

其實就算依芳沒出聲，也沒有幾個人敢上前一探究竟，畢竟這裡散發的氣氛實在太詭異了。

依芳見大家疑惑地望著她，她才驚覺自己太衝動了，連忙解釋：「呃……是這樣的，畢竟是案發現場，太多人進出會破壞環境，警察會抓狂的！」

依芳開始胡亂瞎掰，幸虧周遭還圍著封鎖線，讓她這段解釋不算太奇怪。

本來大家就沒有踏進庫房的意願，經過依芳的提醒，更是沒人敢上前一步。

「可是……語燕剛剛衝進去了，難道我們就丟著她不管嗎？」突然有人發出緊繃而細微的聲音，聽起來有幾分遲疑。

依芳看了庫房一眼，隨即喊著：「語燕，妳在裡面嗎？快點出來，不然妳破壞了現場，警察可以判妳破壞證物的罪刑喔！」

平時看依芳總是一副懶散的模樣，現在卻不得不動起腦筋，她刻意加上罪刑兩字，就是希望周語燕可以主動出來，同時讓其他人不要隨便進去。

等了一下子，庫房裡靜得連一點風吹草動都沒有，本來依芳和綠豆還抱著一絲希望，只要周語燕能出聲，她們還能想辦法把人拖出來，現在沒半點聲響，實在令人心慌。

依芳和綠豆面面相覷，想也知道她們最擔心的狀況已經發生了，該怎麼辦才好？

「剛剛是誰看見周語燕走進去的？真的有親眼看到她進去嗎？」綠豆的語氣開始驚慌，說起來都是她的錯，如果不是她，周語燕也不會負氣走到這裡。

綠豆一問，大家的語氣開始充滿質疑。

「我是看她往這邊走，但沒看得很清楚……」

「我也是，我倒是沒看她走到裡面去，只是看她一臉氣沖沖……」

「我是猜想，她這麼生氣，應該會跑到這裡來才對……」

說了半天，沒一個人可以確定她真的跑到庫房裡了。

現場唯一可以確定的人，就是依芳。

依芳能這麼確定的原因，她看見庫房的窗口正飄浮著一顆人頭，那是周語燕的人頭……

依芳頓時手腳發軟，差點忘了呼吸，心裡只想著，難道真的來不及了嗎？

她看得出周語燕的靈體急著想出來，張大嘴巴想呼救，無奈卻一點聲音也發不出來。

這時綠豆也瞧見這一幕，怎樣也說不出話，嘴巴已經變成O字型的她，只想著自己是不是害死了一個人。

周語燕的靈體只有兩人看得見，周遭的人還是一陣吵雜，七嘴八舌地討論著周語燕的下落，突然……

碰！一陣強而有力的撞門聲傳來，瞬間庫房的門板猛烈被推開，隨即又以重重的力道被關上，乍看之下可以用強風當作理由，但在眾人早已萬分驚恐的情況之下，沒有人可以理性思考。

其中一人立即尖叫著跑回新院區，這樣的情緒迅速感染其他人，眾人紛紛驚嚇著飛奔離開。

只剩綠豆和依芳看著隱約震動的門板，她們看見了，周語燕急著想拉開門，卻又被無形力量拉回去的恐怖景象……

綠豆跌坐在地，忍不住紅了眼眶，哽咽道：「我真該死，沒事那麼多嘴做什麼？現在可好，闖大禍了，我怎麼跟她的父母交代？」

看著綠豆一臉哀悽，依芳也不好受。當時若不是她說了玩笑話，綠豆也不會這麼大聲嚷嚷。現在危急的情況擺在眼前，她也亂了思緒，久久說不出話。

只見綠豆傻傻地抹去自己的眼淚，吶吶地問：「陰間是不是真的有地獄？我害死一個人，我是不是會下地獄啊？」

「是有地獄沒錯。」依芳老實回答，她還真是一點都不會安慰人，「害死人下地獄也是理所當然。」

媽呀！綠豆抬起驚恐的臉龐，心想依芳可不可以別這麼誠實啊，就不能說點謊騙騙她，讓她好過一點嗎？

「地獄……」一說到地獄，依芳的腦海中好似有什麼念頭一閃而過，但在這樣關鍵的時刻裡，卻什麼也想不起來，總覺得好像漏掉什麼重要的訊息了。

想了好一會兒，除了頭部隱隱作痛外，什麼東西也想不起來。她索性拉起綠豆，堅決地說：「學姐，既然是我們的錯，說什麼也不能裝作若無其事的樣子，就算周語燕已經變成冤魂，也得把她的魂魄帶出來，讓她可以安然歸天，免得困在這裡受苦！」

依芳的說法正中綠豆下懷，再怎麼樣，也該為周語燕做點事，否則自己會一輩子良心不安。

「學姐，我回去準備傢伙，但是我覺得還是必須把醜話說在前頭，咱們這一去，我也沒有十足把握，我們……很可能會落到一樣的下場。」依芳視死如歸地看著綠豆，這一去必須要有壯士斷腕的決心，尤其有了上次慘痛的經驗，應該明白裡面的怨魂沒一個好惹。

綠豆堅定地點點頭，說什麼也要進去拚一拚，何況依芳兩光歸兩光，但在需要派上用場時，多少還是有點幫助。所以綠豆雖然感到害怕，還不至於退卻。

兩人二話不說，立即奔回自己的宿舍，準備所有行頭。當然最重要的，是確定硃砂筆帶在身上，而且依芳還不放心地放在包包最顯眼的位置，這樣就算在毫無光線的情況下，也能摸黑拿到手。

確定所有東西都準備齊全後，兩人避開人群，想辦法偷偷摸摸地溜進舊院區，因為這種事，誰也不想引人注目。

兩人站在舊院區外圍，發現頭頂上的天空正綻放著詭異的紅色光芒，庫房上方的漩渦氣流也越來越明顯，彷彿即將把庫房吞噬一般。先前施工時已經將周遭的野草全都清除，空曠的土地散發著一片令人說不出的恐怖寂寥，只有陰風吹動小石子不斷地翻滾著。看著一顆顆小石子滾動得越來越激烈，周遭陰風也越顯強烈。

「依芳，妳有看見嗎？」綠豆突然指著偌大的地面，語帶驚恐地說，「妳有看見有手伸上來嗎？」

依芳當然看見了。

地面上一隻隻灰白色的手臂破土而出，拚了老命地向上抓著空氣，每隻手都爭先恐後地擺動抓握，這場面像是隨風搖擺的花海，只是花朵被換成噁心腐臭的死屍手臂，說有多壯觀就有多壯觀。

依芳緊張地嚥了嚥口水，試圖掩飾心中的不安，然而發抖的顫音讓她破了功，「我當然看見了，看樣子他們已經知道我們要來了！」

「這樣的陣仗，我們怎麼進去啊？」綠豆傻眼地問著，光是門外這關，就夠讓她產生退縮的念頭了。

「當然是衝進去！」依芳抓起硃砂筆，一臉果斷，現在她可是豁出去了，死就死，沒在怕啦！

依芳毫不猶豫地拿起硃砂筆，用力朝地面一甩，硃砂登時灑了一大片在地面上。說也奇怪，凡是硃砂所及之處，手臂就像被硫酸腐蝕一樣地猛冒白煙，不一會兒便痛苦似地顫抖、攣縮，慢慢縮回地底。

「趁現在！跑！」依芳一聲令下，兩人拚了這輩子所有力氣瘋狂往前跑，但庫房大門卻像鎖上一般怎樣都推不開，現在時間緊迫，見到後面的手臂似有復甦跡象，綠豆急得想伸腳去踩，被依芳連忙拉住。

「千萬別碰！只怕這些髒東西來自地下，若是妳被抓住腳，等於抓住妳的魂魄，就算我拉住妳的身軀，也於事無補！」依芳急忙說著。

眼看手臂接近，綠豆伸腳也不是，縮腳也不是，不知該如何是好。

「那現在該怎麼辦？我們根本進不去，他們快抓到我了！」綠豆又開始在耳邊叫喊，硃砂擋得了一時，卻擋不了一輩子。

這時依芳猛然想起林大權在某一次的作法中，曾說過一句咒語。

依芳不知道怎會突然想起這咒語，隨即憑著微弱的記憶，嘴裡念著：「風火神雷欲速前，嘛哩迷哈麻哩哄，破！」

說也奇怪，原本怎樣也推不開的門板，像是猛然被踹開一般，大大敞開。

挖哩？這樣也能開門?!綠豆驚喜地看著依芳，沒想到她還留著這一手，看來她也不算太兩光。

依芳立即衝進庫房，綠豆想也不想地跟了進去，怎知兩人才在庫房內站定，一抹巨大的黑影便佇立眼前……

第八章　庫房事件（八）

黑影迅速撲向綠豆，綠豆還來不及反應，只感覺有東西朝她撲來，她立刻放聲尖叫。但無論怎麼尖叫，身上的東西不但沒有離開，甚至在她懷中蠕動起來。

「媽呀！依芳，快點把這東西趕走，快點！」綠豆渾身發軟，動彈不得，連飛踢的力氣都沒有，只剩一張嘴還有力氣喊叫。

依芳被她的尖叫聲嚇得心神俱裂，好一會兒才回過神，連忙拿起包包中的手電筒，想搞清楚趴在綠豆身上的是什麼鬼東西。

當光線一亮，刺眼的光芒讓依芳和綠豆瞬間睜不開眼。依芳最先適應了光線，定眼一瞧，忍不住驚呼出聲。

「孟組長？他怎會出現在這裡？」依芳萬萬沒料到在這裡竟然可以遇到活人。

等……等等！確定他還活著嗎？依芳和綠豆同時這麼想，不約而同伸出手，依芳不著痕跡地探探他的鼻息，綠豆……則是毫不留情地用力甩了他一個耳光。

這耳光讓依芳傻了眼，心想綠豆的腎上腺激素已經溢出腦門了嗎？出手真不是普通地狠，如果她是孟子軍，八成會飛出去吧？

清脆的巴掌聲響遍庫房，原本昏沉沉的孟子軍立即張大了眼，捂著自己的左臉，一臉迷糊地喊著：「誰那麼大的膽子，竟敢襲警？」

綠豆見他還知道痛，當下鬆了一口氣，連忙拍拍自己的胸口道：「還好是活人，嚇得我綠豆芽都要冒出天靈蓋了！」

孟子軍似乎沒想到會遇到她們，連忙站起身，神情充滿疑惑，「妳們……妳們怎麼會在這裡？」

「這話應該是我們問吧，你單槍匹馬跑到這裡來，沒有其他員警支援嗎？」依芳急忙問著。

孟子軍想也不想地搔著頭，「我是覺得這裡實在過於詭異，所以找時間過來私下勘察，怎知才一踏進來，門就上鎖了，怎樣也推不開，之後的事情我就不記得了，醒來就看見妳們了。」

他才一說完，綠豆竟然反常得一臉不服，「有沒有搞錯？當初我們被嚇得連天兵都請出來了，他不但沒被嚇到，還不記得任何事，進這間鬼屋哪還有這種好康？難道對他特別優惠？真不公平！」

依芳仔細思量一下，心底盤算著孟子軍應該是在她們回宿舍時才走進來的，顯然這間庫房裡的好兄弟們歡迎他而不歡迎她和綠豆，否則怎會讓他輕易就進了門？若她們再晚一步，或許孟子軍也成好兄弟的一員了。

「現在不是說廢話的時候，孟組長，你還是快點離開吧，這裡不是你可以一個人來的地方！當初你們可以進庫房是因為人多，又全是警察，陽氣正好可以稍稍抵擋這裡的陰氣。一旦陽氣消弱，狀況就完全不同了，趁現在快點走吧！」

孟子軍再怎麼說也是個男人，還是個警察，竟然被一個看起來嬌小的女孩子警告著逃命，這件事若是傳開，他哪還有面子苟活在這人世間？不論現在是什麼狀況，他都不能輕言撤退！

「現在這種狀況，應該是我保護妳們才對！倒是妳們，跑進來做什麼？」雖然他全身的雞皮疙瘩已經排排站，還是硬著頭皮打腫臉充胖子，說什麼也不能示弱，再怎樣也要展現出他的男子氣概。

依芳見他不走，準備手動把他推出大門時，綠豆顫抖的手不斷拉扯著她的衣袖，語不成章地小聲道：「那、那邊有……眼睛！」

綠豆這一提醒，孟子軍和依芳便往那方向看去，前方黑壓壓一片，什麼都沒有，徒有一雙血紅色瞳孔的眼睛，眼神凶狠地盯著他們。雙方對峙，誰也不敢輕舉妄動，似乎都採取以靜治動的戰略，只是周圍的氣氛弔詭森冷，就連孟子軍這樣一個大男人都從背脊感到陣陣涼意。

「依芳啊！」綠豆在依芳身後悄悄地說著，「妳說我們還要這樣看多久啊？我們沒有多少時間可以消耗，今天還要上大夜班欸！如果曠班……阿長會殺人……」

依芳頻頻地深呼吸，試圖壓抑心中的怒火，綠豆這傢伙的道行真不是蓋的，三言兩語就能徹底挑起她的怒火，她生平最討厭人家催促，尤其在這種光是想像就可以去掉自己半條命的時候。

「妳確定我們今晚有辦法走出這裡去上班嗎？搞不好阿長還沒殺人，我們先被他們殺了！」依芳咬著牙說。

孟子軍雖然搞不清楚狀況，不過也明白此時的環境不同以往，連忙拿起腰際的手槍。綠豆第一次見到貨真價實的手槍，心底一陣驚嘆，但看身旁的依芳一臉嚴肅，她根本不敢表現得過於明顯。

反觀依芳，看了他手裡的槍一眼，冷冷道：「收起來吧，在這裡連火箭炮都沒用！」

孟子軍心想，早在鍾愛玉的案件時就得知依芳不是普通人物。當初請她出面，卻被她找藉口推托，如今誤打誤撞地一起進了這間庫房，讓他原本帶著忐忑的心情稍稍緩了一些。現在聽她說自己的最佳夥伴在這裡竟派不上一點用場，心底總歸有點失望。念在她算是個異能人士的分上，孟子軍只好摸摸鼻子，收起手槍。

依芳拿起手電筒，照了照四周後，突然停住不動，手還不斷發抖著。

孟子軍心中納悶，她怎麼看起來比自己還害怕？順著光線看去，那對血紅的眼睛陡然圓睜，最叫人頭皮發麻的，是這眼睛像是鑲嵌在牆上一樣，在老舊發黃略帶髒污的牆面上，突兀地掛著。只見眼白部分的血絲越來越多，眼球像是承受不了壓力一樣地爆出牆面，眼眶下緩緩流出一條條血痕，從牆面滑下。

「血淚？」依芳驚慌地細喊出聲，就像見鬼一樣……不對！她的確是見鬼了！

「怎麼了怎麼了？妳想到什麼了？」綠豆趕忙拉著依芳的衣袖，想問問她。

「這種情況我哪有辦法思考！」依芳頭也不回地回答，語氣有著無法掩飾的抖音，「我只是熊熊嚇到，隨便喊喊而已。」

她的回答讓孟子軍又是一愣，眼前的林依芳，怎麼像是什麼都不懂的一般人？想想實在放不下心，忍不住又拔出腰際手槍，不管有沒有用，反正拿著踏實一點。

這時，牆面上漸漸浮現一個人形輪廓，而後是扭曲的四肢和腐爛泛青的五官。整隻鬼就像剛從被壓縮的真空包裝裡掙脫似的，身軀開始膨脹成正常人的尺寸。不同一般披頭散髮的女鬼，她顯然把自己弄得相當端莊，一頭烏絲全盤在頭上，一絲不亂的髮型真想讓每次上班都一頭亂髮的阿啪好好學習學習。

女鬼頭上頂著白得發亮的護士帽，身穿潔白如新的護士服，徹底推翻在場三人對女鬼的印象。

她身上唯一符合女鬼的特徵，就是那張臉。她的臉像正在腐化中的爛肉，上面彷彿抹了一層油，看起來油膩膩不說，還有數百隻白色小蟲穿梭其中，爬進爬出的模樣彷彿把臉當成自己的窩。

若只看背面，在路上搞不好會被狂吹口哨，但一見到正面，我的媽呀，簡直比見到恐龍還要驚魂好幾千萬倍，連渾身散發陽剛之氣的孟子軍也嚇出一身冷汗，說不出話來。

「依芳，這裡怎麼這麼多穿護士服的鬼？我記得上次還看見穿白袍的鬼……到底是怎麼回事？」綠豆回想上次進這間庫房的經歷，雖然時間相當短暫，卻足以讓她立誓再也不踏進這裡一步。沒想到不出一個月，竟然舊地重遊，她開始懊悔當初怎麼不在單位多拿一片成人紙尿褲，她覺得自己的膀胱跟膽量一樣，經不起這樣的驚嚇。

不用綠豆提醒，依芳也是一臉納悶，為什麼這邊那麼多穿護士服的鬼，又為什麼區區一間小庫房會聚集這些怨氣極重的鬼魂？

「先別管其他的事，別忘了我們是進來找周語燕的魂魄和身體！」依芳沒有多餘心思想其他問題，當務之急，得先把周語燕帶離這鬼地方再說。

「又有人死在這裡？」孟子軍聞言，頓時大驚失色。

綠豆一臉哀怨地點點頭，雖然想仔細說明，但時間和環境都不允許，只能簡短地敘述，「因為我一句話，她負氣衝進來，現在不論是她的身體或是魂魄，都被困在這裡出不去，我們是來帶她離開的。」

綠豆說了哪句話不要緊，孟子軍只聽清楚魂魄兩個字，一旦魂魄離身，不又是一條人命歸天？那他今天來得一點都不冤枉，反正他還是得走這一遭，只是這次有理由名正言順地請求支援了。

孟子軍緊急地拿起口袋裡的手機，打算撥電話時，卻發現一點訊號也沒有。

「靠！」他顧不得在場還有兩個女孩子，氣極地對手機吼著。

兩個女孩子對他突如其來的咒罵沒有多大反應，眼光全集中在女鬼身上。因為剛剛始終停著不動的女鬼，臉上竟揚起一個誇張的笑容，而她一隻手正抓著一名半透明的女孩。那女孩神情痛苦，想張嘴哭喊，卻發不出絲毫聲音，只能掙扎地抓著自己的脖子。

「周語燕！」綠豆和依芳不約而同地大喊出聲。

兩人一聲大喊，霎時讓孟子軍刷白了臉，連忙不斷地四處張望，急忙嚷著：

「在哪裡？」

這時綠豆和依芳才想起，周語燕只是剛離身的魂魄，和眼前怨氣濃厚的女鬼不同，周語燕一個搞不清楚現況的新魂，和剛往生的幽魂一樣，這樣的魂魄通常沒有多少能量，沒有陰陽眼的人是看不見的，如同現在的孟子軍。

依芳沒時間解釋那麼多，只能先想辦法搶救周語燕的魂魄。

「孟組長，麻煩你找找周語燕的屍體，這裡就這麼一丁點大，肯定藏在某處！」依芳趕緊分配工作給孟子軍，他們可不是進來逛街的，若能分工合作是最好不過，還可以節省時間。

孟子軍放眼觀察庫房的大小，雖然堆滿一大堆廢棄的醫療器材和雜物，但是以肉眼判斷，這裡頂多十坪大小，一具身體能藏到哪裡去？收妖服魔他雖然一竅不通，不過找尋屍體可難不倒他。

正當孟子軍著手找尋周語燕的身體時，依芳突然對綠豆喊著：「學姐，把所有手電筒都拿出來打開！」

綠豆連忙翻找肩上的包包，這回依芳果真有備而來，包包裡躺著好幾支手電筒，她趕緊把手電筒全都打開，只是發顫的手不聽使喚，光是打開開關就花了比平常多一倍的時間。

最慘的是，她一個不小心，把手電筒全掉在地上，五、六支手電筒在地上不斷滾動，急得她眼淚都快飆出來了。

依芳一直盯著眼前抓著周語燕的女鬼，絲毫不敢轉移視線，只要女鬼一有動作，她就必須拿出護身符和硃砂筆逼退女鬼，好為其他人多爭取一些找屍體的時間。現在看著綠豆趴在地上撿手電筒，讓她忍不住想翻白眼。

綠豆數了數手上的手電筒，似乎少了一支，當她找到那支手電筒時，卻不幸地發現手電筒竟然滾到女鬼的下方。女鬼衝著她直笑，卻詭異得一點動作都沒有，綠豆看著她的臉，又是一陣腿軟，癱在地上動彈不得。

不管她見鬼幾次，或是多有經驗，綠豆肯定自己直到躺進棺材的那一天也絕不可能讓自己適應這樣恐怖的鬼臉。

「不對勁！」依芳盯著前方的女鬼，一手拿著硃砂筆，一手握著護身符，和女鬼大眼瞪小眼一段時間了，心想只要她出手攻擊，硃砂馬上就會毫不留情地潑到她身上。但女鬼只是靜靜地看著他們三人，除了抓著周語燕的魂魄，再沒任何動靜。

「太不對勁了！」依芳的額際冒出一顆顆豆大的冷汗，雖說大家都期待鬼怪能好心放他們一馬，但事實是絕對沒有這種好事。

群鬼按兵不動到底是為了什麼？

「依芳，少一支手電筒！」綠豆像是快沒氣地說著。

「沒關係，全都往女鬼的方向照，快點！」依芳猛然大喝，她開始驚覺這一切就像是個圈套，雖然一開始不讓她們進門，可一旦踏進門，群鬼就不可能輕易放他們出去。

綠豆把手電筒猛然往女鬼身上照去，這時她才發現手電筒的罩子上已經畫上符咒，當燈光投射時，光圈中也顯現出符咒。她一鼓作氣將五道帶著符咒的光線照向女鬼，女鬼頓時身冒青煙，發出嘶嘶嘶的古怪叫聲。她手一鬆，周語燕的魂魄登時被拋到手電筒前方。

依芳見狀，來不及細想，一腳踢開綠豆手中的手電筒，只見手電筒全被踹飛，連綠豆也差點飛出去……

「妳搞什麼鬼？」綠豆氣憤地大叫，打從幼稚園起就沒人敢這樣踹她，她的學妹竟然對她動腳，不想活了嗎？

「不能照到周語燕，否則她會魂飛魄散，永世不得超生！」依芳急著大喊。

綠豆聞言，不禁直冒冷汗，她已經害周語燕丟了一條命，若再害她魂飛魄散，自己真是跳進地獄裡的熱鍋也洗不清一身罪孽了。

只見女鬼嘴角揚起淡淡的詭異笑容，一眨眼便消失無蹤。

女鬼笑了？依芳確定自己看到了那抹令人心寒的笑容，不見並不代表被消滅，似乎……有什麼古怪正在醞釀著，依芳卻怎麼樣也理不清頭緒。

「找到了！」孟子軍在庫房另一頭高興地喊著。

他在庫房最角落的一堆廢棄物中，發現了周語燕的身體。

綠豆和依芳立即衝上前去，只見周語燕的身體像破娃娃一樣地被丟在廢棄物中，毫無血色的臉龐正閉著眼，臉上和四肢都有著大小不一的擦傷，血跡隨著時間漸漸成為暗褐色的汙漬。

「身體和魂魄都找到了，我們趕快帶她出去吧！」孟子軍越待越覺得不對勁，只想早點離開。

「沒錯！」綠豆沒想到這一次這麼簡單就完成任務，興高采烈地對著依芳說，「快點收了周語燕的魂魄，然後離開吧！」

只見依芳低著頭，看看周語燕的身體，又看看蹲在庫房中央哭泣的魂魄，一臉沉思，就是不肯多說一句話。

「依芳，妳在猶豫什麼？快點收魂啊！」綠豆急得大叫，不知道依芳又在搞什麼鬼。

依芳抬頭看了兩人一眼，扭捏地說：「這個嘛……」她不好意思地揚起尷尬的笑容。

「我還沒想到怎麼收魂耶……」

怪談病院
第九章
庫房事件（九）

這下輪到綠豆和孟子軍臉色鐵青，現在是怎麼樣？如果收不了魂，怎麼把魂魄帶出去？他們豈不是會被困在這裡嗎？

「妳在開什麼玩笑？難道妳進來前沒先想好嗎？」綠豆顧不得現在是什麼場合，忍不住咆哮。

「事出緊急，我哪有時間想這麼多嘛！」依芳嘿嘿地傻笑兩聲，想這樣一筆帶過。

但現在不是可以讓她蒙混過關的情況啊！

孟子軍的神情也好不到哪裡去，他不敢置信地開口：「之前聽妳們描述對付鍾愛玉還挺有那麼一回事，她不是那種很厲害的道士或是……仙姑嗎？」

綠豆無奈地看了孟子軍一眼，反觀依芳倒是很坦率地嘟嘴嚷著：「哎呀，我連仙姑的衣角都沾不上邊……」

「我還指望妳們帶我出去啊！」孟子軍察覺事情大條，忍不住嘶吼起來。

綠豆撇撇嘴，朝孟子軍投以同情的眼神，沉重地拍拍他的肩膀，「別太失望，想當初我的心情也和你一樣，唉……往事不堪回首！老實說，我認為你帶我們出去的可能性還更高一點！」

孟子軍猛敲自己的額頭，三歲小孩也知道此地不宜久留，乾脆豁出去地說：「不管收不收得了魂，先把身體帶出去再說吧！」

綠豆聞言，點點頭，認為他的話有道理。

依芳雖然不認同這樣的方式，如今也沒有更好的辦法了，只好默許這樣的做法。於是孟子軍二話不說就背起周語燕的身體，現在這種狀況，他也顧不得是否會破壞案發現場了。

正當綠豆想打開庫房大門之際，孟子軍突然發出一聲疑惑的聲響，讓其他兩人停下腳步。

「她的身體……還有溫度！」孟子軍震驚地喊著，這不像是一般冷冰冰的屍體，難不成……

「快把她放下來！」依芳突然大聲命令。

孟子軍連忙將周語燕的身體放在地板上，綠豆平時病人送多了，現在要她貼近一具可能斷氣已久的屍體，確認是否還有呼吸，實在需要鼓起相當大的勇氣。

「沒有心跳！」

「沒有呼吸！」

「沒有脈搏！」

三人異口同聲地說出自己所觀察到的跡象，但也同時察覺，這身體的確還有餘溫，實在有違常理。若依芳在踏進庫房前就見到周語燕的魂魄，照理說她應該喪命好一段時間了，身體怎麼可能還有溫度？

「照這樣的溫度來判斷，她應該斷氣不久！」孟子軍相當肯定地說出自己的看法。

這樣的基本常識，綠豆和依芳當然也知道，只是這和自己親眼所見似乎有所出入。不過現在救人如救火，若是她真的斷氣不久，誰也沒有多餘的時間思考前因後果。

「我有辦法了！」依芳猶如當頭棒喝地喊出聲，「學姐，立刻心臟重擊，快點！」

心臟重擊?!綠豆一愣，這是急救方法之一，但這方法有點冒險，一般人都不敢輕易嘗試，頂多就是做心臟按摩。她在臨床也有幾年的時間，從沒遇過需要心臟重擊的情況。

「還愣著做什麼?妳不重擊,難不成要等她屍變,自己跳起來嗎!」依芳臉色猙獰地嘶吼著,連孟子軍都被這殺氣給懾住了。

沒想到女人抓狂是這種嘴臉,看樣子他媽媽在出門前說的話果真是金玉良言——千萬別招惹女人啊!

綠豆心想,好樣的,現在倒是恐嚇起她來了!暗自懊惱依芳在外人面前也不給她留點面子,尤其這外人還是個年輕男子,再怎麼說她也是學姐耶。

算了,死馬當活馬醫吧!

綠豆將雙手交握成拳,高舉過頭,猛然地往周語燕的胸口狠狠一擊。

「碰!」撞擊胸口的聲響傳來,孟子軍立即伸手探周語燕的頸動脈,看是否回復跳動,但等了半天,毫無動靜。

「再來!」依芳不放棄地大喊,隨即轉向一直蹲坐在庫房中央哭泣的魂魄。

只見她單手一指，周語燕的魂魄竟然往自己身體覆了上去，瞬間綠豆又是一次毫不留情地重擊。

說也奇怪，這次脈搏竟有了微弱的跳動，孟子軍的眼神透出不敢置信。

綠豆確定自己看見他眼眶含淚，事後孟子軍卻堅決否認，自己不可能是心靈脆弱、情感氾濫的生物，認為綠豆是因驚嚇過度而產生幻覺。

「依芳，我收回剛剛說過的話，原來妳是深藏不露。妳到底是用了什麼方法，竟然伸手一指，就讓周語燕的魂魄歸位，死而復生啊？」

綠豆用相當敬畏的眼神和語氣，畢恭畢敬地問著。連一旁看不見魂魄，卻親眼看見周語燕死後重生的孟子軍也是一臉崇拜。

「妳說那個喔？」依芳臉上浮現理所當然的神情，「我只是跟她指個方向，她就自己飛過去，像交警指揮交通一樣，指哪車子就往哪開，這是好公民的基本常識啊！」

依芳的比喻讓其餘兩人好一陣子說不出話，虧他們把她當成天神一樣尊敬，她這爛比喻，讓她在兩人心中的排行降至谷底。

「我早說過我不會收魂，就連招魂也不會，我只是認為她斷氣不久，若是她命不該絕，應該還有復活的機會。這次是瞎貓碰到死耗子，不會每次都這麼好運，趁現在大功告成，我們快點走吧！」

依芳一提醒，兩人才想起應該盡快離開這裡，這次鬼怪出現得不多，難怪他們鬆懈了不少。和上回比起來，簡直是小巫見大巫。

但沒有推開庫房門板，什麼事情都不能定案，就怕和上回一樣，門板怎樣也打不開就好笑了！

綠豆提心吊膽地拉起門把，咦？門板竟然動了！

三人心裡一陣大喜，沒想到這麼輕鬆就可以脫離險境，看來這間庫房也不如想像中可怕嘛。

孟子軍背著仍在昏睡中的周語燕，綠豆拉著依芳跨過門檻，三人忍不住開心的……

「媽的！」孟子軍突然爆出一句咒罵，綠豆和依芳也一掃方才的喜悅。

三人定眼一瞧四周景物，心中恐懼不斷擴大，彷彿能感受到來自幽深地底的陰風正不斷掃過他們身邊。

「我們……到底在什麼鬼地方？」孟子軍終於忍不住冒著冷汗地問著。

走出庫房後，眼前竟是一條長廊，以慘白的牆面構成。放眼望去，像是一棟相當老舊的建築物，兩邊還有看起來極為破舊的小房間，房間外掛著小小的門牌。

「診察室？」孟子軍看了門牌一眼，納悶地念出上方斑駁的字體。

這時孟子軍突然靈光一現，猛然驚呼出聲：「我就覺得這場景很眼熟，我記得小時候，我媽曾經帶我來舊院區看過病，這裡好像是舊院區還沒拆之前的景象。」

未拆之前的建築？依芳又是心頭一驚，想到什麼似地說：「壞了！我們進入不屬於我們的空間裡了！」

聞言，綠豆和孟子軍霎時神色凝重，如果他們以為的出口是通往截然不同的世界，那麼……真正的出口到底在哪裡？難道在找到出口前，他們要繼續被困在這未知森冷的環境中嗎？

依芳早就覺得異常，此時果然證實了自己的猜測，現在猶如甕中捉鱉，而他們正是甕中的三隻鱉……

「別怕別怕，我們有依芳，依芳今天確定有帶硃砂筆，我們一定能平安地走出去！」綠豆明明連鼻尖都冒出汗珠，卻努力安慰著孟子軍。

孟子軍聽到後，點了點頭，畢竟現在除了相信依芳，他不知道還能相信誰。打從他懂事起，接受的教育不外乎就是科學，而他上警察大學接受正式的訓練，更是要求具體的證據。今天在短短時間內所經歷的，完全推翻他以往所學，讓他進入一個完全陌生的領域。

依芳看著眼前兩人，心中不禁納悶，他們到底是哪來的勇氣？連她都不大相信自己……

「我們還是趕緊想辦法出去吧！在這邊困得越久，情況會越不樂觀。尤其周語燕現在還昏迷不醒，我們必須趕緊把她送回醫院接受治療才行！」依芳故作鎮定，拚命想辦法讓腦袋能夠保持運轉。

「孟組長，你說你以前來過這裡，能不能試著想想以前的大門出口在哪個方向？」他們就像被困在迷宮裡的小老鼠，但再複雜的迷宮也會有出口，就像再高明的陣法也會有破綻的道理一樣。

孟子軍偏頭想了一會兒，不確定地指著背後的方向，「如果我沒記錯，走廊的另一邊就是醫院的出口。」

依芳和綠豆順著他所指的方向看去，前方霧濛濛的一片，天花板上小燈泡正閃爍地搖晃著，昏黃燈光照映在斑白的水泥地面，將他們的影子倒映成隨燈光擺動的詭異人形，整個空間除了燈泡發出「咿～咿～咿～」的聲音外，只剩此起彼落的沉重呼吸聲。

媽呀！醫院又不是開放式空間，哪來這麼重的霧氣？濃厚的濕氣讓綠豆一伸手就覺得肌膚覆上一層黏膩感，眼前場景就跟電視上的鬼片沒兩樣，只是現在能深刻地感受到那股陰冷。

「這走廊……看不到盡頭……」綠豆困難地嚥下口中唾沫，「你確定是這個方向嗎？」

她這麼一問，孟子軍倒是不敢肯定了。畢竟舊院區打從日據時代就存在了，是相當古老的建築，當年他還沒上學時曾經來看過一次病，沒多久醫院就被拆了。當時年紀小到連注音符號都記不清，怎麼敢在這種關鍵時刻亂打包票？

「伸頭一刀，縮頭也是一刀，與其坐以待斃，不如去看看吧！」當警察的人還是比較實際一點，絕對不會躲起來等死。

依芳覺得也有道理，頻頻深呼吸，企圖讓自己做好心理準備再跨出那一步。只是這種情況下，誰能做好心理調適？只見三人的腳掌就像是生了根一樣，抬都抬不起來。

「你不是說要去看看？怎麼還不走？」綠豆毫不客氣地推了孟子軍一把。

孟子軍咬著牙，心想再怎麼說自己也是現場唯一的男人，何況以往不論是多危險的環境，他總是能毫無畏懼地衝鋒陷陣，怎能在這種狀況下，被兩個小女生看扁了？

他屏著氣息，用力跨出腳步，好證實自己的決心，但……綠豆和依芳只見他徒有跨腳的動作，人卻還在原地……

兩女無奈地搖頭嘆氣，看樣子他除了當搬運周語燕的苦工外，根本派不上用場。

「真沒用！」綠豆皺著眉心，用鄙視的眼光瞪了他一眼，「虧你還是個警察？好意思說自己是人民保母？」

綠豆打從心底瞧不起他竟是這般膽小，只會站在原地裝腔作勢，忍不住嘴賤地想調侃一番。但看著依芳已經走向前，她二話不說立即跟上，完全不想搭理那個膽小懦弱的男人。

「等等！我不是不走，是走不了！」孟子軍突然在兩人的身後爆出聲音。

綠豆回頭一看，發現他漲紅了臉，脖子上的青筋都爆出好幾條，看起來就像是拔河選手正在抵抗被巨大力量拉扯的繩索一般。

孟子軍只覺背後周語燕的身體越來越沉，且有股力量讓他怎樣也無法向前移動。要想他可是每年的體能最佳紀錄保持人，就算在辦案過程中受了傷，仍然有辦法拖著傷勢比自己嚴重的弟兄一同進退，他絕不可能背個女孩子就動不了。

這不像是裝出來的！依芳心中大驚，連忙奔到他身邊，想搞清楚怎麼回事。

只見孟子軍背上的周語燕，腳踝套著無形的枷鎖，正不斷地拉扯著她的魂魄離開身體。周語燕頑強而痛苦地抵抗著這股力量，緊抓著自己的身體，連帶著孟子軍也受到影響，此時的她就像拔河賽中的那條繩子，被雙方力量來回拉扯。

「勾魂鍊？」依芳不敢置信地喊出聲來。

第十章　庫房事件（十）

銬著周語燕的枷鎖延伸出一條長長的鐵鍊，此時的霧氣濃厚，根本看不清方圓一百公尺外的景象，更別說要看清勾魂鍊另一端是誰了。依芳無法判定強拉走周語燕魂魄的到底是什麼鬼東西，只能確認「對方」肯定不是好東西。

綠豆趕忙追來，見到周語燕的魂魄快要出竅，忍不住驚慌失措地嚷著：「依芳，快點想辦法，再這樣下去，她真的會丟了一條小命，那就枉費我們走這一遭了！」

孟子軍聽出兩人語氣中的焦急，但他什麼也看不到，只覺得背上的身軀已經重到讓他的肩膀產生劇烈疼痛，他連呼吸都開始感到費力了。

依芳也是一臉錯愕，勾魂鍊是鬼吏帶走亡魂時所用的工具，但此時鬼吏絕不可能出面拘捕周語燕的靈魂，姑且不論她就算喪命也還是新魂的身分，頭七之前鬼吏無權拘魂。何況在這種環境下，就知道鬼吏肯定不在，否則哪能容許這群鬼如此放肆？

現在到底是什麼狀況？依芳實在搞不清楚，她只知道，再繼續這樣浪費時間，周語燕的魂魄就不保了！

依芳隨即拿起手中的硃砂筆，雖然還想不出具體辦法，但這勾魂鍊若屬於邪物，絕對會懼怕硃砂三分。

現在她賭的，就是這三分！

硃砂筆在昏黃燈光下散發著微弱的紅光，依芳舉起筆，電光火石間掏出懷中的黃紙，以驚人速度畫下符咒，在綠豆還來不及看清楚前，便將符咒朝著無形的勾魂鍊貼去。

勾魂鍊一觸到符咒，頓時冒出嗆人的白煙，連孟子軍都能看見這陣煙憑空竄出。瞬間勾魂鍊鬆開了周語燕的腳踝，她的魂魄得以完整地回到身體中，孟子軍的肩膀頓時一鬆，壓迫感消失了。

「今天真是太幸運了！」依芳欣喜地喊出聲來，她沒料到符咒效果這般顯著，今後走出去也不至於給阿公丟臉了。

孟子軍放下周語燕，舒展方才備受壓迫的筋骨，怎知才一放下，勾魂鍊冷不防地再次出現，而且這回一口氣勾住周語燕的兩隻腳！

這次的力量顯得更為強勁，周語燕魂魄的下半身直接被拉出了身軀。

「可惡！」依芳好想爆出一聲髒話，但礙於心裡的障礙，怎樣也罵不出口，只氣紅了眼，怒道，「我就知道這傢伙怎可能這麼好解決！」

依芳連忙如法泡製地一連畫下好幾張符咒，這回動作更迅速，每貼上一張符咒，勾魂鍊就縮了一下，雖然一時之間勾不了周語燕的魂，但也打不退勾魂鍊的攻勢。

正當依芳忙著搶救周語燕的同時，綠豆猛然拉扯依芳的衣袖，力道之猛，讓她差點連符咒都畫歪。

「依芳……依芳……依……」綠豆虛弱無力地叫著。

依芳不耐煩地看了綠豆一眼，發現她跪在自己面前。

「學姐，妳沒事跪我幹什麼？妳當我掛了啊?!」依芳氣急敗壞地嘶吼著。這時候她最忌諱有人干擾，稍有不慎，就怕他們沒人可以活著走出這裡。

「我也不想跪啊！我也是身不由己……」綠豆哭喪著臉，指著走廊另一邊，臉色發白的模樣就像躺在冰庫的屍體一般，「看到這種陣仗，我沒拉肚子就已經要偷笑了！」

孟子軍和依芳聞言，將視線轉向另一頭，別說依芳全身血液都為之凍結，連孟子軍也不敢相信自己親眼所見，兩顆眼珠都快跳出眼眶。歷經無數次驚險案件的他，都未曾感覺過這種永無止盡的恐懼，猶如踏入不著邊際的黑暗深淵，恐懼如波濤般地急欲將他淹沒。

此時他的腦海中僅僅浮現「逃命」兩字，這是他生平第一次有這樣窩囊的想法，也是初次體會到，什麼叫群魔亂舞……

走廊兩側的牆壁裡不斷地湧進一個接一個穿著護士服、醫師袍和病人服的幽靈。他們帶著強烈的怨氣，臉色泛青，有些七孔流血，有些臉上的肌膚被燒灼得殘缺不全，且絕大多數都是腐爛一半的骷髏，持續不斷地湧進狹窄的走廊中。

「見鬼了！他們是老鼠，還會繁殖啊？」孟子軍身上的衣衫全被冷汗浸濕，臉上汗珠活像是剛經歷一場大雨般。

綠豆則是極度驚嚇，一時間所有聲音全卡在喉嚨裡，全身就像靜止的時鐘一樣，連呼吸也跟著停頓。唯一還能運轉的腦袋，浮現的想法卻是……這是在上演惡靈古堡電影版嗎？她可沒有女主角異於常人的身手，而且這裡哪有地方可以跑？

只見群鬼們面無表情，以緩慢的速度前進，沒有立即攻擊，也沒有刻意驚嚇，只是這樣的陣容就足以讓人瀕臨精神崩潰的臨界點。

「你們先擋擋！」依芳急得手心覆上一層水氣，現在的她恨不得自己是宋七力，可以分身應付這種狀況。但她若分心應付，只怕周語燕就難逃一劫了！

「擋？」綠豆終於找回自己的舌頭，「妳要我拿什麼擋？我阿公是廚師，不是天師！我只在他身上學會吃飯，不會畫符！」她聲嘶力竭地大吼，唯有這種時候才能讓她使出力氣。

一邊的孟子軍則是迅速重整神色，反射性地拔出槍，豁出去似地連開好幾槍，無奈一連三聲槍響，如射進虛無飄渺的空間一般，不但眼前幽魂們毫無所覺，連子彈擊中物體的聲音都沒有，實在太詭異了！

孟子軍就算殺死腦袋裡上億的細胞，也不能理解這科學無法解釋的狀況。平時最信任的好搭檔在此處一點作用也沒有，只靠依芳已經讓人覺得心底不踏實，遑論現在跪在他身邊的綠豆？

「早跟你說過沒用了！」依芳也急了，語氣相當暴怒，「你們快點想辦法擋一下，我這邊快撐不住了！」

勾魂鍊的主人還未現身，依芳已被折騰得身心俱疲。她帶的黃紙即將耗盡，護身符也都掛在周語燕的脖子上，勾魂鍊雖然暫緩攻勢，但始終虎視眈眈，她只能勉強和勾魂鍊僵持著，只要一放鬆，周語燕的魂魄隨時會被勾走。

「對了，手電筒！」孟子軍猛然想起剛才依芳對付女鬼的招式，連忙掏出包包裡的手電筒，朝著幽魂猛照。

刺眼的光線讓幽魂們瑟縮了一下，甚至節節後退，嘴裡還不時發出嗚咽的呻吟聲。這樣的景象讓在場三人又重燃希望，嘴上情不自禁地揚起笑容，剛剛大家一時心急，都忘了手電筒這個好工具。

依芳也趕忙拿起一支，朝著勾魂鍊的另一端照去，隨著光線擴大的符咒照映在一片霧氣中，勾魂鍊驟然一鬆，她心中不由一陣大喜。但喜悅並未在她臉上停留太久，隨後便聽見接二連三的巨大聲響，一眨眼所有的手電筒都應聲碎裂，壓克力板爆裂開來，劃破孟子軍的臉頰，留下一條血痕……

「沒效?!」這次輪到依芳急得快掉眼淚，「還有沒有其他辦法?」

有沒有搞錯，天師後代反問他們有沒有辦法?這不就等於警察問善良老百姓該怎麼抓賊的道理一樣嗎?

「想什麼辦法?我又沒有妳身上的護身符……」綠豆的嘶吼聲瞬間停頓了好一下，不知哪來的力量讓她重新站起，喜出望外地朝依芳和孟子軍直笑著，「嘿嘿，剛剛太緊張了，連我身上有祕密武器都忘了！」

祕密武器？孟子軍和依芳兩人一頭霧水，只見她神采飛揚地拉出掛在脖子上的紅色細繩，「我怎麼可能那麼呆，有了先前的教訓，我也去大廟求了一張護身符！」

綠豆如釋重負地嘿嘿笑了兩聲，心想就算無法消滅眼前的幽魂，好歹也能自保嘛。她同情地看著孟子軍，看樣子他身上除了那把不中用的手槍外，根本沒有什麼「神聖的物品」可以防身，只能自求多福了！

「別再靠近了！我有護身符喔！張大眼睛看清楚，是護身符喔！」綠豆眼看幽魂已經快要頂上自己的鼻尖，忍不住放聲大叫。但定眼一瞧，才猛然發現她面前的幽魂兩眼已被挖空，她頓時寒毛直豎，驚慌之中還陪笑臉道歉，「不好意思，我不知道你沒有眼睛……」沒有眼睛，怎麼叫人家張大眼看清楚，簡直是強人所難嘛。

「妳幹嘛跟鬼道歉啊？他是鬼，不是人！」孟子軍崩潰地大叫，現在到底是什麼情況？綠豆以為對方跟她很熟，熟到可以閒話家常嗎？

「我……」綠豆一時語塞，佯裝聽不見孟子軍的叫囂，漲紅著臉回頭對依芳說，「這邊我先擋著，但也擋不了多久，妳快點想辦法解決另一邊的麻煩！」

眼前的幽魂穿著醫師白袍，臉上惡爛發臭的肌膚甚至可以看見些微的皮下組織和白骨。覆蓋在脖子上的爛肉更是開了好大一個口，從開口中正冒出濃稠濕黏的鐵灰色液體。更可怕的是，他渾身散發著數種臭味，腐屍和臭水溝的味道已經夠嗆鼻了，還加上奇怪的霉味。

另一邊也出現好幾個穿著護理人員制服的幽魂朝孟子軍逼近，他手無寸鐵，臉色發白，雖說很想躲到綠豆背後去，但僅存的理智和身為男人的尊嚴，讓他無法做出這樣的行徑，只是暗自祈禱綠豆的護身符有效，他真的不想白白命喪於此。

這時，一個穿著白袍的幽魂碎步移動過來，綠豆冷不防地拿起護身符，直接貼在幽魂的印堂上，然而她期待聽到的慘叫聲，卻未產生……

只見幽魂歪著頭，一臉納悶，沒有絲毫異狀。遲疑了一陣後，幽魂猛然伸手一揮，一股無形的力量將綠豆打飛至旁邊的牆面上。

速度之快、力道之大，別說孟子軍來不及反應，連綠豆都還沒眨半次眼，就頭頂滿天星，五臟六腑差點因為這撞擊力衝出喉嚨。

「搞什麼鬼！連護身符都有黑心貨！虧我跪了一個多小時才擲出三個聖筊，還花了我兩千五百元的香油錢！那間廟是黑心廟，哎唷……痛痛痛……」

疼痛讓她不住地呻吟，依芳和孟子軍有心上前扶她一把，但礙於不斷湧上來的幽魂和箝制周雨燕的勾魂鍊，實在無能為力。

不過看她還有力氣破口大罵，應該沒事。

孟子軍無暇分心，因為有一大群幽魂正朝他撲面而來，這回幽魂們不再客氣，個個齜牙咧嘴，面露凶樣。

依芳見狀，心想孟子軍身上連一串佛珠都沒有，頓時也顧不得周雨燕，眼看就要放開手，而勾魂鍊正蠢蠢欲動……

「不要過來！我是警察！」孟子軍在最緊張萬分的那一刻，突然爆出發自丹田的巨大音量，右手高高舉起，似乎拿著什麼東西。

綠豆好不容易穩住自己的心神，她瞇起眼一看，若不是現在的情況過於驚悚，她差點沒爆笑出聲。

「你……你竟然連警徽都拿出來了？」綠豆忍不住噗哧地笑了一聲，只見孟子軍拿著證明他警察身分的重要識別證，人在危急情況下，果真什麼傻事都做得出來，「是誰還提醒說他們是鬼？你以為他們是通緝犯還是十大槍擊要犯？」

孟子軍哪有時間想這麼多，心想她們都有祕密武器，他卻什麼都沒有，不如就拿警徽和警察證件來拚一拚！

說也奇怪，他一拿出警徽，群鬼竟連退了好幾步，不敢上前，顯得相當畏懼，頻頻顫抖不說，有些還抱頭隱沒在牆面中。

這是怎麼一回事？綠豆不敢置信地雙手貼著自己的臉頰，她不能接受警徽竟然比她跪了一個多小時換來的護身符還有效！

「正氣！」依芳眼露欣喜，「孟組長是警察，身上正氣比一般人強烈，尤其警徽又是象徵正氣之物，妖魔鬼怪害怕是正常的！」

兩人登時像看見救星一般地望著他，他們有救了嗎？

但周雨燕腳下的勾魂鍊又該何解？

「吼～連警徽都比我的黑心護身符有用，早知道我就把自己的護士服和護士帽都穿來了！」綠豆氣得臉都歪了，忍不住嘀咕，醫院不是傳言護士帽也有正氣，醫院裡的孤魂野鬼最怕這個了。

之前她對這種說法嗤之以鼻，加上現在醫護人員幾乎不帶護士帽了，所以根本沒想到。

每次急救一忙起來，護士帽不但派不上用場，低頭不是勾到電擊器的電線，就是不知道打到什麼儀器，導致自己活像瘋女十八年的女主角。為了避免麻煩，只好省去帶帽子的規定，現在綠豆卻巴不得把塵封以久的護士帽拿出來擋一擋。

「不是所有警徽都有用，得是真正為人民服務的警察才能心存正氣，今天算我們走運，剛好碰到有正氣的警察！」依芳忙著低頭和勾魂鍊繼續纏鬥，頭也不抬地說著，綠豆真懷疑在這種情況下，她怎麼還有力氣說這些。

反觀孟子軍卻是一臉驚惶。雖然在聽見依芳對自己的評價時內心閃過一絲欣喜，但看到後方鬼魂仍不怕死地緩慢靠近，他已經沒心力想這些有的沒的了！

依芳見群鬼漸漸靠上來，連忙喊著：「孟組長，我們靠近一點，別站太散，你想辦法逼退這些傢伙！」

孟子軍拿著警徽的手絲毫不敢放鬆，聽到依芳的命令，乾脆兩眼一閉，高舉警徽後朝著四周瘋狂揮舞，扯開喉嚨嘶吼著：「惡靈退散！退！退！退！」

他誇張的肢體和老套的臺詞實在太過驚人，綠豆差點不合時宜地笑出來了。孟子軍是不是看太多道士電影了？這麼老派的話也說得出口？

老實說，依芳也被孟子軍的舉動和音量給嚇傻了。群鬼的確是退了，但僅僅退了兩三步，依舊在一旁虎視眈眈地緊盯著他們，雖然不敢輕舉妄動，但隨時都有撲上來的可能，實在好不嚇人。

「乾脆拖著她，一起衝出去算了！」孟子軍自暴自棄地說著，他看不出依芳到底在忙什麼，只見她身軀像是被什麼東西拉扯而擺動，他卻什麼也看不清。

「不行！」依芳卻義正嚴辭地拒絕，「若是我拖著她的身體往反方向跑，勾魂鍊一扯，周語燕的魂魄立刻就會被拉走了！」

「我們不能再這樣下去了，妳若不趕快想辦法，我們只能等死了！」孟子軍試圖讓自己保持冷靜，但他覺得僅存的理智幾乎快消失殆盡，他恨不得立刻離開這個鬼地方，不論是廝殺或是奔逃都好，總好過只能困在這裡。

依芳也覺得孟子軍的話有道理，但最大問題在於，她沒有多餘時間想替代方案，難道就只能命喪於此？

依芳越想越心急，拿起硃砂筆猛甩，甩出的硃砂讓群鬼又退了兩步，卻也是效果有限。她像發狂似地猛甩，一手繼續箝制著勾魂鍊，在這一陣兵荒馬亂時，孟子軍的眼睛竟被潑到硃砂，痛得他差點睜不開眼。當他好不容易再次睜眼時，他竟然看得見周雨燕的魂魄了！

原來……依芳說的是真的。只是他怎麼突然看得見了？難道硃砂筆裡的硃砂能讓他開眼？

之前看不見，可以輕易地說走就走，現在親眼見了這一幕，再怎麼說也不能在危急時刻丟下戰友！

這時，綠豆急忙拉住依芳的衣袖，吼道：「依芳，現在都什麼時候了，還不快點請妳們家的神明降駕？快點啊！」

依芳一臉錯愕地看著綠豆，心想她說的也有道理，若是神明降駕，所有麻煩都可以解決，但是……

「快啊！」綠豆在她耳邊叫囂，「情況還不夠危急嗎？」

依芳鐵青著臉，她也知道應該請神明，但是……

「我又不是乩身，沒請過神明降駕，我怎麼可能會啦！」

依芳百忙之中回嘴，之前她頂多請神明護身，還沒請過神明降駕，何況恭請神明是何等神聖之事，不能隨便亂來，否則結果會像放羊的小孩一樣。她仔細算算這段時間，她已經請了神明護身三次，她回家的次數都沒這麼頻繁！

「妳不會？」綠豆尖銳的嗓音劃破詭譎的氛圍，「請神明降駕怎可能不會？電視上不是常常在演嗎？加減學一下搞不好就可以了！」

學電視裡的內容？若不是依芳現在很忙，一定會給自家學姐一記飛踢，這種東西是說學就能學的嗎？要是隨便學學就請得來，神明還不累死才怪！

雖說無法請神明降駕，不過請神明護身是她的強項，眼下憑自己的能力是無法應付了，就算次數頻繁，也得拿出來救命！

最該死的是，她現在連請神明護身的機會都沒有，因為她必須時時刻刻牽制勾魂鍊，只要一放手，後果不堪設想，讓她怎麼分身請神啊？

若是能放手，她早就請救兵，也不會等到現在了！

「有了！」依芳也不知道這到底算不算辦法，連忙朝著綠豆喊著，「快！快把玄罡叫來！」

第十一章　庫房事件（十二）

對啊！怎麼沒想到玄罡這號帥氣又可靠的人物？若不是叫他一次的代價太高，綠豆鐵定照三餐找他出來好好欣賞一番。

不過……現在有個很嚴重的問題。

「依芳，我身上沒帶紙錢，怎麼叫啊？」綠豆哭喪著一張臉。

「妳的磁場和一般人不一樣，上回妳沒紙錢不是也把他找來了？就用上次那招！」依芳急得大叫。

這時綠豆臉色鐵青，猶豫不決地嚷著：「可是……可是……我這那種方法，妳可能又會生氣！」

依芳現在超想放開手中的勾魂鍊，好好給綠豆一拳，現在都什麼情況了，還管自己會不會生氣幹嘛？她若是真這麼想，就不會一天到晚給她找麻煩了！

「不管用什麼方法，把玄罡叫出來就對了！」依芳幾乎是用仰天長嘯的姿態命令著，不論是天時地利或人和，都亂得讓她瀕臨抓狂的邊緣，尤其此時的綠豆最甚。

「妳說的喔！」綠豆不安地再次確認，只見依芳的眼睛冒著熊熊的火焰，她只好二話不說，跪在地上，開始用自己的方式呼喚著目前唯一的救星。

她回想著當初是怎麼「請」玄罡的，她記得自己伸出了手指頭，然後用相當虔誠而淒厲的聲音吼著：「鬼差大哥，求求你快點出現！只要你肯出來幫忙，我就燒一億的銀紙，這次絕對不討價還價，絕對不打折！」

一、一億？依芳聽到這個數字，眼睛睜得比牆上的鬼眼還大！

這傢伙搞什麼鬼？一口氣就出這麼高的價錢，還不打折？難道不知道她現在還是負債狀態嗎？

綠豆上次就是這樣請到玄罡的嗎？雖然剛才說不管什麼方法都要叫玄罡出

來，但是綠豆這招，讓她的心臟停擺了好幾秒……

「妳開什麼玩笑？哪來那麼多錢買銀紙？我們之前的一億才剛還清，妳是想讓我們繼續當陰間的卡奴啊？」依芳開始叫囂，心想她和綠豆八成是陰間有史以來唯二的活人卡奴。

「是妳自己說不管用什麼方法啊！我上次用這招超好用！」綠豆不甘示弱地回嘴。

「妳……妳……」依芳氣得說不出話，一方面要分心牽制勾魂鍊，一方面卻在心底不斷咒罵。

孟子軍看不懂她們現在又在玩什麼花樣，他看著綠豆朝空氣呼喊的模樣，心中不禁感嘆，今晚他到底是見鬼，還是遇到神經病？搞不好發瘋的人是自己也說不定……

當他正自怨自艾時，一個身影自陰暗處緩緩浮出，本以為又有什麼妖魔現身，卻瞧見綠豆一臉狂喜。

只見眼前出現一名身穿絲綢襯衫的男子，領帶隨意扯開掛在脖子上，燙得筆直的西裝褲和擦得閃閃發亮的皮鞋，一副上班族的標準穿著。

孟子軍不曾見過哪個男人能有這麼俊帥的臉龐，連身為男人的他也忍不住多看兩眼，可惜長相過於陰柔。只見他臉上掛著慵懶的笑容，嘴裡叼著一根菸，緩緩朝他們走近。

綠豆眼睛閃爍著興奮的光芒，嘴裡還嚷著：「我就說這招超有效吧！」

孟子軍正納悶眼前人物是誰，就看他朝前方的怨鬼怒瞪一眼，群鬼就像見到剋星一樣地哀號四起，急忙隱入牆壁和陰暗的角落。短短一瞬間，剛才拚命抵擋的鬼魂竟都消失無蹤！

這是怎麼回事？孟子軍震驚得搞不清楚狀況，眼前男子除了特別英俊外，看不出什麼奇特之處，怎麼這些好兄弟看起來特別怕他？

「你也看得見我？啊，原來是不小心被灑到硃砂啊。」玄罡看了孟子軍一眼，似乎讀到他的心思，「我是鬼差，這群小鬼見到我會害怕也是正常的。」

鬼差？孟子軍嚇了好大一跳，眼前的玄罡徹底地顛覆自己對鬼差的印象，怎麼不像牛頭馬面那種可怕的容貌，而像偶像明星？

「喂！ㄚ頭，妳以為我是必勝客，一通電話就馬上到啊？下次叫我之前先付點訂金！被妳搞得好像我的行情很廉價！」玄罡轉頭對綠豆道。

而當事人綠豆呢？早就被迷得不知東西南北了，連連點頭。

這一幕讓依芳差點脫下鞋子，狠很地在綠豆臉上留下清楚的鞋印。不過現在不是意氣用事的時候，她連忙嚷著：「你用眼睛看也知道現在是什麼狀況，我們哪有時間去給你買銀紙？」

玄罡睨了依芳一眼，觀光一樣地朝著四周淡淡地掃了一眼，「那下次就隨身帶著吧。」

氣死人了！現在都什麼時候，他還在那邊說風涼話？雖然孟子軍那邊的群鬼已經消失無蹤，她這邊的麻煩可是一點都沒有解決！

「玄罡，既然你來了！快點幫幫忙！」依芳拉扯著勾魂鍊，不顧淑女形象地狂叫。

玄罡卻好整以暇地緩緩抽了一口菸，唇邊勾起完美的弧度，緩緩地說：「現在除了我，誰有權力勾魂？妳再撐一會兒也無妨，我們先談談價碼！」

「價碼？」一提到錢，綠豆撤徹底底地醒了過來，「不是已經說好給你一億嗎？」光是一億，就已經讓依芳翻白眼，若再加碼，依芳會口吐白沫。

「一億是妳開的價，我又沒說好，妳也知道現在原物料上漲，什麼都漲的年代，陰間當然也不能免俗。何況你們現在有四個人，開這樣的價格，有違公道啊！」玄罡說得理直氣壯，毫不心虛。

「那你要多少？」這下子連孟子軍也加入戰局。

玄罡笑了起來，奇怪的是，他的笑聲聽起來爽朗開懷，一點也不像電視上演的陰森可怕。

玄罡讓人想親上一口的完美薄唇，輕輕吐出兩個字。

「五億。」

「五億？」其餘三人錯愕且異口同聲地大叫，這傢伙現在是坐地起價，簡直跟流氓沒兩樣了！

現在依芳不是口吐白沫，是直接要吐血了。

「你怎麼不乾脆去搶劫？」依芳氣得破口大罵，脖子上浮現好幾條青筋。每次找玄罡，她的血壓就飆高一次，再多找幾次，難保自己不會中風。

這樣的價錢，讓綠豆也傻了眼，玄罡帥歸帥，現實層面還是需要顧慮的。現在他一口氣要五億，漲得比石油還凶，實在太不合理了！

「你也漲得太凶了吧？之前我和依芳分攤，一人頂多五千萬，現在四個人，你就拿五億，這樣算起來一個人要付一億兩百五萬，是之前價碼的二點五倍……」綠豆伸出自己的甜不辣手指，認真地計算。

「四個人，其中一個要死不活，光她的命就不只這個價錢。再說妳們旁邊這個男人，雖然身為公務人員，但身價上千萬，救他一條命也不只這個價。而且每次都把我當召喚獸，真以為我是隨叫隨到啊？我拿這個價錢都快對不起自己的良心了！」

玄罡優雅地抽著菸，緩緩掃了他們一眼，隨即轉身要走，「價錢不滿意，你們也可以選擇不做這筆生意。」

「等等！」孟子軍見狀，連忙出聲，「不論你要多少，我都燒給你！但前提是必須保證我們安全地離開這裡！」

哇，這對話好像有點怪怪的，生平第一次真的要燒給地下的朋友，心裡還真有點毛毛的。孟子軍卻相當驚訝，他和玄罡不過第一次見面，他竟然點出他平時急欲隱藏的身家財產。

「你們不安全離開，我怎麼拿到錢？」玄罡想也不想地回答，他顧慮的可是更現實的層面。

「你答應那麼快做什麼？」依芳開始叫囂，「好歹殺個價啊！」她這死窮鬼的個性到哪裡都不會變的，即使危機四伏，在價錢方面還是不能輕易妥協。

玄罡一見孟子軍答應了，二話不說走到依芳身邊，一把抓起她手中的勾魂鍊，沒想到勾魂鍊一陣激烈地拉扯後，竟在玄罡的掌心裡消失無蹤。

「走吧！」玄罡朝著他們三人展開燦爛的笑顏，帥氣的人就算只做一些微不足道的小事，也能吸引所有人的目光。「出口就在另一邊，走幾步就到了！」

不過此時大家被吸引的目光，全然不是因為他俊俏的容貌和將近十全十美的外型。

「就這樣？」三人異口同聲地大喊。

他不過扯開一條鍊子，帶他們走幾步路就可以拿到五億？這錢未免也太好賺了吧！

「不然你們還想怎麼樣？」玄罡揚起玩世不恭的笑容，「這勾魂鍊不過是用來困住你們的虛招，用意是要把你們困在此處，讓他們有機會慢慢折磨你們！」

玄罡悠哉地解釋著，手邊的動作卻沒有絲毫怠慢，只見他將手中菸蒂往前一拋，說也奇怪，整個空間頓時明亮起來。

「慢慢折磨我們？為什麼？」綠豆一臉納悶，雖然現在尚未脫離這詭異的空間，不過只要有玄罡在，她就不用擔心啦！

玄罡率領所有人走向長廊另一邊，嘴上嚷嚷著：「欸，我是鬼差，又不是神，怎麼可能猜到這些惡鬼在想什麼？

「我只知道這間醫院在日據時代就存在了，但醫院其實只是障眼法，最主要是日軍在這裡成立了一個祕密實驗室，專門研究生化武器。這裡環境設備簡陋，一次意外，讓他們死了不少人，包括醫院裡的醫療人員和病患，日軍為了掩人耳目，迅速毀屍滅跡，在最短的時間內讓醫院重新運作，假裝沒發生意外過，你們看到的就是當時冤死的鬼魂！」

玄罡帶著他們一路走向長廊盡頭，果然瞧見斑駁的白色木板門就佇立眼前。

眼看伸手就可以推開大門，玄罡卻猛然停住腳步，身後的綠豆一時煞車不及，撞上玄罡的後背，怎知她突然感到一陣鑽心刺骨的寒冷，一回過神，發現自己竟然穿過了他的身體。

第十二章　庫房事件（十二）

「不好！」玄罡竟難得地皺起眉，神情中似乎帶著惱怒。

「怎麼了？」依芳心中的大石瞬間又多了好幾顆，連鬼差都大喊不妙，他們幾個平凡人豈不是凶多吉少？

玄罡立即回頭，「妳回頭看看，我們少了兩個人！」

綠豆趕緊轉身，根本不用數也知道人數不對，孟子軍和周語燕不知在何時脫隊了。

「他們兩個呢？現在都什麼時候了，竟然還玩聯誼那種半路脫隊、自己找樂子的幼稚遊戲嗎？」綠豆抓著頭髮大叫，出口就在眼前，她可不希望又出什麼差錯！

「我們一路都是直走，他們怎麼可能脫隊？何況子軍背著語燕，走得比較慢，我們等一下看看吧！」依芳試圖讓自己冷靜下來，找出合理解釋，但在這樣的空間，有哪件事符合科學根據啊？

前面的長廊就這麼一段，放眼望去連個人影都沒有，就算斷手斷腳蠕動滑行，也該看到人影了。

玄罡猛吸著菸，瞇眼朝長廊吐出一陣白煙，不可思議的是，他那一口煙竟瞬間充滿長廊，兩人一鬼頓時被白煙包圍。

「簡直是奇觀！」綠豆忍不住嘆為觀止地驚呼，「一口氣吐出這麼多煙，簡直像抽油煙機一樣！」

綠豆詭異的讚嘆法令玄罡轉身投給她一記白眼。

「都什麼時候了妳還有心情開玩笑？快點找他們兩個啦！」

依芳急得滿頭大汗，她可不希望兩手空空走出去，否則她花了這麼多的心血和銀紙，豈不都浪費了？

就在這時，朦朧的煙霧中，出現隱約的人影，綠豆趕忙大叫：「在這！他們在這裡！」

依芳趕緊上前，發現原本一直昏迷的周語燕仍然緊閉著雙眼，雙手卻死命掐著孟子軍的脖子，只見孟子軍兩眼翻白，口吐白沫，整張臉呈現紫黑色的狀態，顯得無力掙扎，看樣子只剩一口氣了！

依芳和綠豆趕緊拉開勒著孟子軍的周語燕，怎知周語燕看起來小小一隻，力氣竟出奇地大，連綠豆這種蠻力型的角色也完全沒轍。

兩人拚了吃奶的力氣，周語燕依舊不動分毫。

「她是偷喝蠻牛嗎？哪來這麼大的力氣啊？」綠豆已經用力到快往生了，依舊徒勞無功。

站在身後的玄罡卻冷不妨地拿著手中的菸屁股，狠狠地往周語燕的印堂用力一按，她的額際登時冒出大量黑煙，同時發出淒厲刺耳的尖叫。

奇怪的是，這尖叫聲一點也不像女孩子的聲音，相當沙啞難聽，不仔細聽，也能分辨這根本不像正常人會發出的聲音，反而像野獸的嘯叫。

周語燕緊閉的眼睛隨著哀號猛然睜開，這一睜眼，讓綠豆和依芳瞬間驚嚇地倒退好幾步。

她的眼睛沒有瞳孔，只有一片死白，身上的肌膚也瞬間變成紫黑色。臉上肌膚除了變色外，更浮現一條條黑色的血管，看起來像是整張臉爬滿黑色小蟲。最恐怖的是她的牙齒，全都變成紅色，而且以極快的速度繼續生長。

「媽呀！我們一路上都背著這傢伙嗎？」綠豆不敢置信地尖叫起來，就算瞎眼的人都看得出來，這根本不是人！

只見周雨燕一掌猛力地推開玄罡的手，猛然向後退，呃……正確地說，應該是往後飄……

「大膽鬼怪，竟敢在此造次！」玄罡仍舊是一副皮笑肉不笑的痞子模樣，看起來一點都不正經。

一旁倒地的孟子軍被放開後，不斷地劇烈咳嗽，綠豆趕緊上前幫他拍背，嘴裡還瞎嚷嚷：「玄罡，你快點把她抓回陰曹地府，我們好心來救她，她竟然恩將仇報！」

周雨燕卻突然仰頭大笑，那笑聲有點像藏鏡人，帶著巨大的回音和毛骨悚然的氣焰。

這時她開口了，指著玄罡，咧開嘴嘶吼著：「玄罡啊玄罡，等了這麼久，終於等到你了！」

她的聲音在這個詭異空間裡不斷迴盪，刺痛了每個人的耳膜，簡直是遭受到爆炸威力一般，讓人承受不住這樣的震撼。

綠豆趕緊捂起耳朵，深怕自己聽力受損，她看向玄罡，以最大的音量吼著：

「玄罡，那是你女朋友啊？你的眼光也太怪了吧，竟然喜歡這種走出去連燈管都會自動爆破的女鬼！不過你到底欠下多少風流債，招惹上次的天兵就算了，這回連鬼都搭上了，你真是四海通吃欸！」

「誰跟她有風流債啊？我養的狗都長得比她順眼！」一聽到風流兩字，玄罡暴跳如雷起來，跟吃了炸彈沒兩樣，指著周語燕叫，「這個鬼是男的，妳看不出來啊？我對男男之愛沒興趣！」

男的?!

畢竟他用的是周雨燕的身體，若不是玄罡說，在場真沒有人看得出來！

「既然你認識對方，太好啦，叫他看在你的面子上放我們走！」孟子軍不斷地按摩自己的脖子，剛才他真以為自己的腦袋和脖子要分道揚鑣了。

玄罡悠悠地望了他一眼，像個事不關己的觀眾一樣悠哉，「很不幸，他不但不是我的朋友，還是等了我百年的仇家！你們也真不簡單，上次招惹惡鬼，這次卻是鬼王，你們惹事的等級未免升級得太迅速了一點。」

鬼王？在場三個人用力地吸了一大口氣，反觀玄罡卻一臉從容，一口接一口地吸著菸。

玄罡抽菸的模樣，不論從哪個角度，都完美得沒話說。尤其他吞雲吐霧的模樣，足以讓所有女人心醉神迷，最該死的是他身上沒有菸味，也沒有鬼怪身上的臭味，而是淡淡的薄荷香。他連女人排斥的舉動都討人喜歡，身上的味道更讓人渾然忘我，只可惜他不是人。

但是……

就算他集所有男人的優點於一身，綠豆和依芳依然超想掐死他！為什麼是他的仇家，他們要一起遭殃？而且對方還是鬼王，虧他們嚇得要死，真正的當事者卻若無其事！

「玄罡，我一見到這臭丫頭，就知道把她當誘餌，必定能引你出來，果然不出我所料！」

鬼魂得意地笑著，似乎一切都在他的計畫中。

誘餌？綠豆和依芳面面相覷，心想這傢伙到底在說誰？

「自從百年前你像個鱉三一樣消失無蹤後，我就發誓要讓自己變得更強。五十年前，我為了吸取更多的陰魂，便躲在醫院裡，讓這家醫院意外頻頻，屆此得到了不少怨魂。

「只可惜，意外多了，來醫院的人就減少很多。正當我準備轉移陣地時，卻遇見了林大權，我倆鬥法後雙雙受了重傷，當時他收不了我，只能把我困在這裡。

「後來這丫頭無意間闖進來拿走那個皮箱，我看見她身上的護身符就感到不對勁，那是林大權的筆跡和畫法，我絕對不會看錯。當時我動作應該快一點，將她困住，偏偏那時來了天兵礙事，為了避免打草驚蛇，才放她走。

「後來不知哪跑來的臭道士也在外圍跟著布陣，為了引這個臭丫頭來，我只好想盡各種辦法製造意外，偏偏這丫頭就是不上當！好在連老天都幫我，主動跑來一個送死的笨蛋，當然我不能讓這笨蛋輕易地死在我手上，她可是引來林大權孫女的最佳利器。只要逮住林大權的孫女，你一定會現身，因為我知道你會守護這丫頭！」

守護？依芳的腦袋頓時一片空白，不明白他們到底在說什麼，這一切已經超出她能理解的範圍了！

聽鬼魂說了一大串，綠豆頭都痛了，原來院方發生工地意外和病人上吊都是陷阱，但她還是不太懂，為什麼抓住依芳就可以引出玄罡？依芳不是說，在周火旺事件前，她根本沒見過玄罡嗎？

而且這傢伙口中的道士又是誰？當年能困住他的天師林大權早就駕鶴西歸，如今這麼厲害的道士是什麼來頭？

玄罡緩緩地把玩手上的菸，嘴邊揚著不可一世的笑容，「我答應過天師，對凡間的事絕不會主動出手相助，我並沒有守護依芳，你抓她也沒用，你和我的事情，何必牽扯凡人？」

「不管有沒有用，你還不是出現在這裡了？」周語燕狂妄的笑聲再度衝擊眾人的耳膜，「今天我要讓你魂飛魄散，連最卑微的孤魂野鬼也當不成！」

三人看向玄罡，他仍是一臉不在乎，看起來胸有成竹、勝利在望的模樣。這讓他們多少放下一點心，至少玄罡沒讓他們失望過。

「你這個臭鬼王，別說我們玄罡看起來比你養眼多了，再怎麼說也是鬼差，而且還是鬼差界的組長！想讓他魂飛魄散，我看是你等著灰飛煙滅吧！想必當年你也不過是他的手下敗將，才淪落到躲起來的下場，想跟他嗆聲，再等五百年吧！」

綠豆吼得慷慨激昂，她衷心相信玄罡，他除了死要錢的個性很不討喜外，沒有哪一點惹人厭了。而且當初他對付周火旺是如此輕而易舉，眼前這鬼王也不過是小菜一碟罷了！

綠豆咧開嘴對著玄罡直笑，對朋友，她向來是義氣相挺！

「很感謝妳如此地賞識在下！」玄罡悠哉的神情不變，對著綠豆綻開迷死人不償命的溫柔笑靨，耀眼的程度讓綠豆的心臟差點罷工。

「不過，妳口中那個當年的敗將，其實是我……」玄罡吊兒郎當地說著。

第十三章　庫房事件（十三）

玄罡的語氣相當輕描淡寫，但在場所有人都希望他不要這麼老實，正常人的心臟是很脆弱的！

「你才是他的手下敗將？那為什麼你看起來這麼輕鬆？你是在跟我們開玩笑吧？」綠豆的臉部肌肉只能用僵硬兩個字來形容，在這種戰況緊繃的時刻，她連皮笑肉不笑的拿手絕活都使不出來。

「不！我和他的恩怨已經牽扯了上百年，當年我的確是敗在他的手上。」玄罡隨即轉向周語燕攤開雙手嚷著，「滷蛋，你也太小心眼了吧？難道就不能化干戈為玉帛嗎？」

鬼王的名字竟然叫滷蛋？若不是現在氣氛不對，綠豆超想指著他大笑一番，這名字對堂堂一名鬼王而言，會不會太「威風」了一點啊？

「你……誰叫滷蛋啊！」鬼王惱羞成怒地朝著玄罡嘶吼，「今日老子若不滅了你，實在難消我心頭之恨！」

完了完了，這下新仇加上舊恨，只怕梁子結得更大了。只見滷蛋伸出十指，黑色的指甲瞬間無限延伸，直筆筆地刺向玄罡的眉心，這速度實在太快，眾人根本來不及眨眼，滷蛋就發動攻擊了。

玄罡也不是什麼簡單的角色，大家還沒回過神來，他已經伸出兩指，狠狠將指甲掰斷。

玄罡氣憤地將殘斷的指甲甩在地上，怒道：「滷蛋，我一直當你是兄弟，也一再給你機會，何必每回見面總是刀劍相向？若不是你一直執迷不悟，也不至於窩在這陰暗的地方不得超生！」

「誰和你是兄弟？我哪有你這樣的兄弟？」滷蛋握緊雙拳，一點也不領情。

面對目前情勢，眾人感覺自己像是坐在戲棚下的觀眾，只是現在到底在演哪齣啊？為什麼都看不懂劇情到哪裡了？

可惜眾人還來不及開口詢問，滷蛋和玄罡已經散發出濃濃的殺氣，就連超遲鈍的綠豆也感覺到周遭氣場越來越詭異。即使兩鬼不動聲色，但這樣的氣氛就像是電影場景裡的生死決鬥，緊張得讓人大氣也不敢喘一下。

在場的依芳和孟子軍很想找個地方避避風頭，不然被掃到颱風尾，恐怕真的要去蘇州賣鴨蛋了。偏偏現在只剩一條長廊，先前的診察間、注射室全都消失不見，三人一時之間連個遮蔽物都找不到。

正當兩人急得猶如熱鍋上的螞蟻，綠豆卻望著玄罡如痴如醉，他本身就是藝術的化身，現在因為氣流和磁場的關係，更像天神一般，黑得發亮的柔順烏絲正隨之飛揚，帶著危險氣息瞇起的迷濛雙眼，讓他少了平時的陰柔，多了一份男人的陽剛，越發迷人。

眼看滷蛋高舉雙手，準備開始攻擊，玄罡猛然以迅雷不及掩耳的速度，將手中的菸蒂朝他一拋，一陣濃得讓人分不清楚方向的白煙登時竄起。每個人連自己的手指都看不清楚，更別說分辨同伴的方位了。

三人面對未知的環境已經讓精神緊繃至臨界點，如今完全看不清眼前景象，叫人精神直逼崩潰，三人無法抑制心底的恐慌，只能扯開喉嚨喊：「你們在哪啊？」

此時空間裡除了三人此起彼落的叫喊外，還參雜著滷蛋那獨特的嗓音，聽得出來他正在劇烈地咳嗽，趁著咳嗽的空檔，還一邊咒罵玄罡的祖宗十八代。

「一定是玄罡占了上風！」三人不約而同地喜上眉梢，說來說去，還是玄罡靠得住，果然錢花得很有價值。

「快跑！」

欸，這熟悉的聲音，不是玄罡嗎？剛才還覺得欣慰，怎麼情勢急轉直下，要大家趕快逃命？

三人的腰際突然被不知名的紅繩纏上，還搞不清楚怎麼回事，就被繩子拖著往前跑，三人不斷思考著，這繩子到底是滷蛋的財產，還是玄罡的所有物？

唯獨綠豆想得更多一點，她的腦袋已經冒出人生跑馬燈了。

三人慘叫連連，當濃煙漸漸散去時，又重新看到出口的大門，三人才咧開了嘴，心中重新燃起希望，不管玄罡在打什麼主意，只要能讓他們平安離開就好。

「快出去！」玄罡一聲爆喝，一點也不像平時玩世不恭的模樣。

依芳二話不說衝上前，正要推開大門，倏地，卻掃過一陣強烈的陰風，狠狠逼退了她的腳步。隨即一道讓人看不清的黑影竟擋在出口與依芳之間，再仔細一瞧，不就是那顆滷蛋嗎？

天啊，這傢伙果真陰魂不散，怎麼樣都甩不掉。

「想走？沒那麼容易！只要和玄罡沾上邊，我是寧可錯殺一百，也絕不會放過一個！我要你們誰也踏不出我的地盤！」滷蛋面目猙獰地叫囂著，只見周語燕霎時七孔流下黑色濃稠的血漬，伸出的舌頭也是噁心的紫黑色，臉上還泛著青光，五官極限地扭曲著，看起來極度驚悚。

「玄罡，你到底是搶了他女朋友，還是偷了他的錢？他為什麼這麼恨你？」依芳頭皮發麻地嚷著，她一點也不想介入兩方的恩怨，怎麼感覺玄罡的出現，讓事情越來越複雜了？

玄罡冷冷地看了滷蛋一眼，似乎隱忍著心中的怒火，咬牙道：「你到底鬧夠了沒？當年我只不過偷吃了你一顆雞蛋，你需要記恨這麼久嗎？」

雞蛋？三人的眼睛在這一瞬間也睜得跟雞蛋差不多大了。

依芳心想，若是她阿公知道她為了一顆雞蛋深入險境，不知道會搖頭還是哀聲嘆氣……

到底在搞什麼鬼？因為一顆雞蛋結怨長達百年？而他們這三個倒楣鬼，竟然為了一顆雞蛋，一腳都踏入棺材裡了……

「玄罡，那不只是一顆雞蛋那麼簡單！」滷蛋氣急敗壞，「當年中國內憂外患，各地接二連三地發生動亂，加上又遇到旱災，大家不得不四處逃難。你我同樣都是逃難的可憐人，不少人餓得只能啃樹皮，看著身邊的人一個接一個餓死在路邊，若不是因為我身上僅有的雞蛋讓我存著一絲希望，我早就失去求生意志。

「我捨不得吃的雞蛋，你竟然趁我睡著時，將它吃得一乾二淨！虧你我縱然素不相識，也一路上互相扶持，你竟敢偷了我的雞蛋！因為如此，大受打擊的我撐不了幾天，也跟著活活餓死，你說，我能不恨嗎？」

滷蛋的說詞，讓眾人對玄罡投以譴責的眼光。

若是認真說起來，當時的環境，一顆雞蛋的確是價值連城，原來是大時代的悲劇，造就了兩人的仇恨。

「滷蛋，我知道自己對不起你，但當時我餓得喪失理智，別說雞蛋，就連死人肉我也會吞下肚。就算吃了你的雞蛋，我沒多久之後就染上瘟疫，同樣沒有好下場！」玄罡的眼中浮現愧疚的神色，似乎對當年的事也同樣無法釋懷，深不見底的黑眸中乘載著波濤般的自責。

「滷蛋，你我之間的事，由我們自行了斷，別再多生事端，你放他們走吧！我任由你處置！」玄罡臉上浮現壯士斷腕的決心，彷彿打算犧牲自己，只求依芳一行人的安全。

「不行！」依芳想也不想地出聲，「要走一起走！」

依芳這一開口，孟子軍也毫不考慮地接著吼著：「我絕對不會丟下自己的戰友！」

綠豆見兩人如此慷慨激昂，當下眼前一黑，她當然也不可能丟下玄罡逃跑，只是她腦袋的決策卻無法抑制快要打結的雙腳，嘴巴只能逞強地張開。

「……」

怎麼一點聲音都發不出來？綠豆想出聲支援，但她的恐懼讓喉嚨呈現上鎖的狀態了。

不過滷蛋似乎一點都不在意其他人說了什麼，他眼中只有玄罡的存在。

「玄罡，我怎可能輕易放過他們？若是這麼輕易解決你，那還有什麼樂趣可言？我要你親眼看著我殺了那個臭ㄚ頭！」

滷蛋猛然指向依芳，依芳腦中頓時一片空白，只覺得從腳底竄起一股無法抵擋的刺骨陰寒，為什麼他非要在玄罡面前殺掉自己？

「玄罡，別以為我躲在這裡就什麼都不知道，我知道你的性子，你連自己是否會下地獄都不在乎，但是……」滷蛋朝著依芳詭異地笑了，彷彿看著逃不出手掌心的獵物一樣，嘴角揚起得意而弔詭的恐怖弧度，「什麼都不在乎的你，偏偏只在乎這個丫頭！」

什麼什麼？現在眼前的鬼王到底在胡說八道什麼東西？為什麼她一句都聽不懂？依芳錯愕地轉頭盯著玄罡，不明白他先前說的守護，更不明白自己怎會是玄罡最在乎的人？誰能花點時間告訴她，到底是怎麼回事啊？

可是玄罡連看也沒看她一眼，狠狠地猛吸了一大口菸，踏起奇怪的步法，兩手合掌，以電光火石的速度變化著不同的指印，口中喃喃念著咒語。

在眾人還來不及反應的當下，滷蛋眼明手快地伸出自己紫黑色的舌頭，緊緊勒住依芳的脖子，長得跟跳繩沒兩樣的舌頭不斷散發著刺鼻噁心的腐屍味，不住地淌下咖啡色黏稠的噁心液體。

綠豆和孟子軍一見到滷蛋開始攻擊依芳，不由得亂了陣腳。看著依芳拚命地掙扎，臉色瞬間喪失血色，鼻孔裡甚至流出兩道血痕，他們趕忙衝上前，但玄罡卻不急不徐地伸出指印，手指一碰到舌頭，舌頭登時冒出陣陣青煙，轉眼間破了一個大洞，噁心的液體頓時朝著四方噴灑，綠豆再也忍不住地吐了起來，孟子軍則是忍著翻絞的胃液，抓起依芳，將她拉得離鬼王越遠越好。

「孟子軍，這裡由我拖著，你快點帶她們兩個朝著前面闖出去，有人在外面接應，只要衝過那道門……」

「作夢！」鬼王一聲冷哼，打斷玄罡的聲音。

玄罡和鬼王正面對決，鬼王一人對付玄罡雖略為吃力，但他也派出自己底下的所有怨鬼攔阻依芳他們。

如今一切又重新回到原點，他們再度被群鬼包圍，而且數量比先前多上許多，移動的速度也很快，和之前完全不同，不斷地將他們逼至出口的反方向，甚至刻意將他們和玄罡隔開來，顯然鬼王難以擺脫玄罡，便派了小鬼全心對付他們。

「現在……我們要怎麼出去啊？」綠豆邊退邊問，依舊頻頻作嘔，不過現在她比較關心該怎麼離開這鬼地方？實在沒有多餘的時間讓她好好大吐一場。

此時依芳卻焦急地想確定玄罡沒事，畢竟她還想問清楚是怎麼一回事呢！她記得鬼差的能力無法收伏惡鬼，這也不屬於他們的管轄範圍，一想到玄罡可能因此魂飛魄散，她心底就浮起一陣令人無法呼吸的恐懼。

「我不出去！」依芳像吃了秤砣鐵了心，現在誰都無法改變她的決定。

「開什麼玩笑？」綠豆的尖叫徹底破音，「不走？難道妳想和這些好兄弟一起喝下午茶，順便聊一下政治變化和國家局勢嗎？」

「玄罡一個人無法對付鬼王，要再次請神明前來幫忙才行！」依芳想都不想地從懷中拿出僅剩的一張黃紙，用力咬破手指，迅速畫下符咒，俐落地伸出食指和中指。

孟子軍不敢置信地看著她手指冒出火焰，驚訝地張大自己的嘴巴，怎樣也闔不攏，和綠豆當初的表情一模一樣。

待依芳手中的黃符燒盡，一個刺眼的發光體頓時從上方滾至綠豆和依芳的腳下。

奇怪了，這出場方式，怎麼要命地眼熟……

第十四章　庫房事件（十四）

看到這樣的景象，依芳和綠豆的心底頓時浮現不好的預感，就怕……

「唉唷！這次又是誰啊？」發光體的嘴裡發出咬牙切齒的咕噥，但她還來不及聽到回答，就見好幾十張眼睛被挖空的鬼臉出現在眼前，每張臉不是皮膚爛得七零八落，就是耳朵少了一半，或是沒有鼻梁……

「啊！」發光體嚇得扯開喉嚨尖叫，嘴巴開得讓人都可以看見她的舌根了。

只見發光體憑空握住一把長矛，發狂似地往前亂刺，嘴裡還不斷吼著：「退退退！本天兵神將在此，竟敢在我面前放肆，活得不耐煩了嗎？」

發光體持續逼退眼前的鬼怪，才一會兒的時間，就讓最前方的怨鬼面露猙獰地隱沒在牆裡，剩下距離較遠的怨鬼則停留在原地，不敢貿然上前。

發光體還沒搞清楚狀況，就瞧見趁慌亂之際躲在牆腳的三個人，等雙方定眼一瞧，各自張大嘴巴。

「怎麼又是妳？」

「怎麼又是妳？」

天兵和綠豆不約而同地大叫。

只見天兵再次狼狽地扶正歪了一邊的頭盔，看了周遭一眼，一臉驚慌失措，「我不是叫妳們絕對不可以再踏進這裡一步嗎？為什麼妳們不但出現在這邊，還多帶了一個倒楣鬼來？」

天兵看著身後的孟子軍，上回是為了一「卡」皮箱，這次又是為了什麼？依照她們呼喚神明的次數看來，她乾脆當她們的隨扈算了，當什麼天兵啊。

天兵和先前一樣狼狽，感覺也沒什麼殺傷力，只是她身上散發出來的刺眼光芒，讓群鬼疑惑地思考該不該繼續前進。

「等等，這樣就不對了！妳之前說趙元帥出公差去了，所以由妳當班，怎麼今天請神明護駕，出現的還是妳？」綠豆今晚受的刺激更勝以往，也顧不得現在是什麼狀況，豁出去地嘶吼。

天兵不服氣地跟著加大音量，「妳給我搞清楚狀況，上面的一天是人間的一年，照這時間換算，我才剛踏上天庭的大門就又摔下來了！妳們想送死別老是拖我下水！」

「現在不是鬥嘴的時候！」依芳知道她們兩個一打照面就看對方不順眼，不過現在有更重要的事，「我會再次請神明護身是因為玄罡有危險了！」

依芳急促的語氣帶著強硬，天兵一聽到玄罡兩字，瞬間兩眼發直，連說話都顯得有點困難，「玄罡？到底出了什麼事？」

「實在一言難盡，先想辦法解決群鬼，好讓我們到另一邊去救玄罡！」依芳指著眼前一大群重新出現的怨鬼，他們不斷地增加湧入，數量之多，讓眾人分身乏術。

「喂，妳不是天兵嗎？快點解決他們！」綠豆的身體緊靠著牆腳，無路可退，背後的牆跟冰塊一樣刺骨冰冷，讓她不停打哆嗦。

見到這陣仗，天兵也為之傻眼，竟然這麼多？就算趕跑一些，後面也會無止盡地出現，這根本不是她能力所及的範圍了！

天兵急得直冒冷汗，任憑自己想破頭，也想不出方法解決眼前的麻煩。只能瞪大眼睛乾著急，慌張地在身上摸索，像在找什麼東西。

「妳在找什麼啊？不管什麼都好，麻煩妳快一點！」綠豆看著群鬼已經不打算客氣，也不想花時間玩遊戲，全飄到他們身邊，有些甚至還在他們的頭頂上盤旋。

怨鬼們紛紛伸手拉扯他們的衣服，就算依芳拿著護身符，孟子軍拿著警徽也扛不住這麼龐大的陣仗，抵擋得住前面，也擋不住其他蜂擁而上的攻勢。

「拜託，妳快點想辦法，我們快滅團了啦！」孟子軍也顧不得男子氣概了，連連大叫，他感覺到一隻隻白骨手指正掐住他的肉，一陣要命的疼痛直竄他的心窩。

「咦？凡人怎麼看得見我？」天兵疑惑地抬起頭問。

此時的綠豆已經被勒著舉了起來，她不斷地扭轉脖子尖叫著：「妳能不能等到我們身邊沒有這些鬼東西時再聊天啊？快點想辦法救我們，妳是天兵欸！」

「別老是天兵天兵的叫，我是天兵並不代表我是萬能的啊！下次能不能請你們給我充裕的時間，再問我這種需要思考的複雜問題啊？」天兵拿出懷中的一本小冊子，一點都不管其他三人的死活，手腳明顯地發抖，顯然她也快呈現歇斯底里的狀態了。

完了完了，見到天兵這麼蹩腳，綠豆和孟子軍的心跌至谷底。

綠豆心想，這次真的沒前幾次好運，恐怕真的要去和閻羅王喝下午茶了。早知道出發前應該先寫好遺囑，而且註明爸媽幫她挑個耐操有肩膀的老公。但仔細一想，她都魂歸極樂了，老公耐操又用不到，有什麼用啊？

一想到這裡，綠豆不禁自暴自棄了起來。她不想連一個男朋友都沒交就掛了，這是她人生最大的遺憾啊！

「孟子軍！」綠豆突然朝還在奮戰的孟子軍大叫，「你結婚了沒？有沒有女朋友？沒有的話，我們兩個將就一點，好歹手牽手一起下黃泉才不會孤單！」

在這種生死交關的時刻，突然聽到這樣的說詞，讓他有點反應不過來。不過一旁的依芳白眼都快翻到腦門上去了，突然出聲道：「學姐，現在不是談情說愛的好時機吧！何況妳現在都快和妳前面的骷髏嘴對嘴了！」

綠豆一轉頭，兩顆眼珠子差點蹦出來，想也不想地一腳往前踹去，只見骷髏立即散了一地，若不是此刻時機很不恰當，地上的白骨倒是很好的解剖教學道具……

「還好我還記得帶教學手冊！」天兵突然鬆了一口氣地笑了起來，這時一隻鬼手猛然上前勒住她的脖子，登時就聽見一聲撕心裂肺的慘叫，眾人雖急著掙脫身邊的攻擊，但是見到天兵脖子上冒起一股白煙，全都一臉驚恐，驚嚇指數高達百分百。

「啊！」天兵尖叫的高八度嗓音絕對不輸綠豆，但是……

「咦……？」天兵的聲音陡然停頓，發出一聲疑問。她的脖子雖然冒著白煙，但是勒著她的隻怨鬼卻像蒸發一樣瞬間消失，連再見都來不及說。

依芳見天兵一臉疑惑，解釋道：「人有正氣，妳有神氣，妳怕他們做什麼？

如果還想不到辦法將他們一併剷除，拜託妳先用上次那招，起碼別讓他們靠我們太近行不行啊？」

「我有辦法了！」天兵一臉喜悅，指著手中的教學手冊，「依芳，快用請兵令，只要有請兵令，所有事情都可以解決了！」

看到天兵信心滿滿，綠豆和孟子軍不由得重燃希望，只要有一線生機，不論什麼方法都應該試試看。

「請兵令？」依芳一頭霧水，「那是什麼？」

「請兵令就是調派天兵天將啊！」天兵邊說明邊將群鬼撥開，只可惜才撥開前面，後面的群鬼又不斷地湧上前。

「我不會請兵令，怎麼請？」依芳急得大叫，激動的情緒讓她脖子爆出數不完的青筋，她完全聽不懂天兵到底在說什麼，眼看其中一隻鬼手已經要搗住她的嘴，噁心的腐屍味竄入鼻腔，令她一陣作嘔。

天兵見群鬼的攻勢銳不可當，也瞧見綠豆兩眼翻白、口吐白沫，看起來快靈魂出竅，她只好趕緊拿出長矛，朝著綠豆周邊的群鬼猛打，每打一下，就有鬼怪哀號的叫聲，淒厲刺耳的慘叫不絕於耳。

綠豆感覺脖子上的力道鬆了開來，正要狠狠吸一大口氣，沒料到後方的鬼手又竄了上來，一連好幾隻手又迅速攀上她的脖子，強勁的力道逼出她眼角的淚水。

綠豆用餘光掃過大家，發現大家全都自顧不暇，繁殖得比老鼠還快的群鬼根本讓人無力招架，現在她吊著一口氣，連喊救命的機會都沒有。

「快點用請兵令啦！我們真的要抵擋不住了！」孟子軍也跟著哇哇大叫，雖然平時很顧自己男子漢的形象，但現在是生死交關的時刻，根本管不了那麼多。

「請兵令我連聽都沒聽過，妳是天兵，應該是妳請才對，怎麼會是我？」依芳狠狠地給眼前的群鬼點上硃砂，眼前那隻爛了半邊臉的鬼魂慘叫一聲後消失無蹤，但後面的鬼怪隨即竄了上來，速度之快讓她連畫符咒的時間都不夠。

「別以為天兵是萬能的，而且我只是值班天兵，以我的階級怎可能調派天兵神將？妳不一樣，妳是天師傳人，妳帶有天命，妳才有資格啦！」天兵一邊為大家爭取少得可憐的時間，一邊不忘嚷嚷。

傳人？天命？這又是什麼東西？一下子太多東西，讓依芳無法消化，但見到大家已經快支撐不住，再不想辦法，就像孟子軍所言——要滅團啦！

不過到底要怎麼請，依芳完全摸不清方向，現在真的是叫天天不靈，叫地地不應，如果阿公還在的話，該有多好？

「我的教學手冊有寫，妳快點翻開一千一百八十五頁裡面的第八十七行，裡面寫得超級詳細！快點，我頂多幫妳撐一分鐘！」

天兵迅速將手中的教學手冊塞給依芳後，隨即盤腿席地而坐，嘴中念念有詞，隨著她念起咒法，周身開始閃爍著耀眼的光芒，光芒所及之處，群鬼皆無法靠近，一旦靠近就會受到燒灼。

原本已經騰空的綠豆因為群鬼慌忙地抽身而摔了下來，這一跌讓她眼冒金星，不過見到天兵瞬間讓群鬼退出光圈外，忍不住氣急敗壞地叫著：「可不可以拜託你們有絕招就早點拿出來，每次都是我已經一腳踏上奈何橋才出手，差點都要跟走在我前面的好兄弟做自我介紹了！」

綠豆嘟囔著，不過孟子軍和依芳都沒時間理會她，只見孟子軍揮汗如雨地提醒著，「快點翻開手冊，天兵說裡面有詳細教學，只有一分鐘，動作快！」

孟子軍的催促讓依芳更加手忙腳亂，拿著冊子的手不聽使喚地頻頻顫抖，連第一頁都差點翻不開。

「一千一百八十五頁裡面的第八十七行……」依芳嘴裡念念有詞，她拿著長寬各五公分、厚度頂多一公分的小冊子，這麼小的本子，有辦法翻到一千一百八十五頁？而且它這麼小本，怎麼數第八十七行？

「快點翻啊！」綠豆此時也擠上自己的腦袋，心底咒罵依芳看起來真不中用，她真的是天師傳人嗎，怎麼一點都看不出來！

綠豆一把搶過教學手冊，翻開到內頁後，露出了驚恐的神色。

「無字天書？詳細教學到底在哪裡啊！」

怪談病院
第十五章　庫房事件（十五）

天兵聽見三人的慘叫聲，錯愕地睜開眼，張口嚷著：「糟糕！我忘記你們還沒開天眼！」

開天眼？綠豆連忙噤聲，有陰陽眼就已經叫苦連天，開了天眼還得了？

「那就趕快幫我們開啊！」孟子軍顧不得現在是什麼狀況，腦中只想到必須趕快解決目前的困境，他說什麼也不想就這樣莫名奇妙地捲入前世今生的恩怨，然後糊裡糊塗地和別人一起共赴黃泉。

怎知天兵卻激動地回嘴：「你以為開天眼像開罐頭那麼簡單喔？開天眼需要累積好幾世的極高修行，還要有機運，不是隨隨便便就能開！」

綠豆一聽，軟趴趴地跌坐在地，「搞了半天，我們還不是要在這裡等死？」哀怨了一陣後，她突然起身抓住孟子軍的衣襟，「喂！你還沒回答我耶，離我們斷氣的時間還剩三十秒，沒時間讓你想太多，身為一個男人婆媽什麼？」

孟子軍晃得頭昏腦脹，根本來不及反應，憑直覺叫著，「我很感謝妳的好意，但是我家還有一隻狗，我還要趕回家餵牠吃飯。與其跟妳下黃泉，我寧願跟天兵一起上天堂啦！」

孟子軍這一喊，綠豆恨不得甩他兩巴掌，怎麼說她也是個女孩子，竟然這麼不給面子？橫豎也是死，不如現在自己親手送他上西天好了！

孟子軍的一席話讓天兵如遭五雷轟頂，他毫不客氣地推開綠豆，也跟著開始搖晃孟子軍，「你是天生看得見第三空間嗎？你說你怎麼看得見我？」

明明是身高一百八十公分的大男人卻像布娃娃似地讓兩個女人搖著玩，此時他眼冒金星，沒有辦法做多餘的思考，只發覺天兵發出的光圈似乎越來越微弱，群鬼也越來越靠近了。

「是硃砂筆！他的眼睛沾過硃砂！」依芳突然出聲回答道。

「硃砂筆？」天兵眼睛為之一亮，「是妳爺爺用的那支硃砂筆嗎？」

「不是！是玄罡給我的，現在連硃砂都擋不住……這麼多……的……好兄弟啊！」依芳瞧見光圈幾乎快要消失，嗓音又開始抖得不像話，如今所有人全靠向天兵，擠得不能再擠了！

時間快到了，綠豆已經徹底絕望，打算自暴自棄地等死時，突然搶過硃砂筆，嘴裡嚷著：「既然硃砂筆鎮不住這些妖魔鬼怪，總能讓我寫封遺書吧？」

「什麼遺書？這支神器連給妳拿都嫌浪費了，還讓妳寫那種無聊的東西，拿來！」天兵一把搶過硃砂筆，定眼一瞧後嚷著，「我果然沒猜錯，玄罡果然會把妳爺爺的神器交給妳！」

「神器？」依芳覺得今晚是她這輩子最混亂的時刻，很多事情她不明白也無法理解，甚至開始懷疑他們口中的林大權真的是自己的阿公嗎？為什麼感覺她對自己阿公的認識還不如天兵跟玄罡？

「這支筆可以幫妳暫時開天眼！」天兵一說完，隨即在依芳眉心點上一記紅色硃砂，口中喃喃念著沒人聽得懂的咒語，依芳正要回嘴，一陣暈眩感襲來，讓她重心不穩地跌坐在地。

眼前一片模糊，什麼都看不清楚，只覺得黑幕中承載著沉重的壓迫感，讓她胸口一悶！

「我……我什麼都看不到了！」依芳驚慌地大喊，不是說開天眼嗎？怎麼平時看得到的景物全都隱沒在黑幕之中。

這時天兵把手冊急忙地丟在依芳的面前，另一手抓起手中長矛，準備廝殺，「快看手冊！」

「就說什麼都看不到嘛！」依芳耐不住性子地吼了起來。

「怎麼可能！」天兵拿起手中長矛，朝著面對面的骷髏狠狠揮下，白骨頓時成了碎片。

「可不可以拜託妳們，不要在這時候出槌啊？我們兩個只剩一口氣了！」綠豆氣憤地想坐在地上跟個小孩子一樣耍賴，但她才一蹬腳……咦，地板怎麼不見了？

綠豆和孟子軍又再度被上百隻的鬼手給抬起，這回兩人卻沒有多餘的力氣抵抗，天兵也是泥菩薩過江，根本沒有辦法兼顧，眼看兩人就要被撕成碎片……

此時，一道金光掃過，兩人周遭的群鬼竟被瞬間秒殺！

孟子軍和綠豆根本來不及眨眼，自空中跌落地面，摔得暈頭轉向，慘叫連天！

孟子軍生平第一次見到如此驚心動魄的景象，令他瞬間忘了自己身處何地，忘我地拍起手來。

正當他陶醉其中時，後腦勺猛然狠狠地被印下一個鞋印，徹底將他從美夢中打醒。

「你還有閒情逸致拍手？你知不知道我們現在命在旦夕？看看前面！」綠豆兩手抓著孟子軍的腦袋，轉向前方看清楚，只見前方又冒出源源不絕的幽魂和鬼怪，不是黑血淋漓，就是肢體不全，搖搖晃晃地走上前，看樣子不論殺多少，還是會從四周的牆壁裡冒出數也數不清的鬼魂。

「我說天兵，算我求求妳了，我們絕對無法撐到依芳討救兵，等她開天眼，我們早已屍橫遍野了！既然妳這麼有本事，能不能一次解決啊？我不想一直重複只剩一口氣掛點，然後又重獲新生的經歷！」綠豆急得滿身大汗，不斷地嘶吼已經讓她的喉嚨開始有燒灼感，發出的聲音都像破鑼嗓子，卻掩蓋不了她滿心的焦慮。

「我有什麼辦法？」天兵也氣喘吁吁，「我不過是低階的神職人員，只能偶爾用這麼一次！」她一邊說著，一邊守在依芳前方保護她，深怕她遭受群鬼攻擊。

「不會吧！」綠豆繼續慘無人道地哀號。

此時此刻，依芳聽到群鬼淒厲的鬼叫和綠豆與孟子軍驚恐的嗓音，但她眼前就是什麼都看不到，任憑她拚了命地揉著雙眼，依舊一片黑，狀況簡直比開天眼前更糟。

在什麼都看不見的狀態下，其他感官的敏銳度似乎提高不少，她感覺周遭似乎變得更為濕冷，肌膚上沾附著微細的水珠，耳邊還能聽到綠豆嘶吼著：「你們以為現在是七月普渡在搶孤啊？媽呀！別扯我的衣服！這件是我最喜歡的衣服！唉唷！我的鞋子掉了啦！這是NIKE耶！我排隊才買到的限量版！欸欸欸，別拉我褲子，這件很貴啊！」

不知道為什麼，在這種危及性命的時刻，光聽到綠豆的吼叫聲，竟一點也激不起依芳的危機感，只覺得相當佩服她在這種要命時刻還能講無關緊要的事。

綠豆的無厘頭，加上眼前什麼都看不見的情形下，依芳頓時不再那麼緊繃了。

漸漸地，眼前開始有了細微的光線，隨著光線越來越強，她突然察覺原本吵雜的空間頓時一片寂靜，怪異的靜謐讓依芳再度陷入驚恐中。

當眼前出現模糊的景象，她心跳越發加速，只覺得好像哪裡出了錯，卻因為看不清楚而感到惶恐。現在的她就像是近視千度卻忘了戴眼鏡一樣，但她記得自己明明帶了隱形眼鏡，難道在一陣混亂中掉了嗎？

正當依芳疑惑萬分時，卻發現視線慢慢的聚焦，眼前景象以緩慢的速度漸漸清晰。當她回覆視力的同時，卻訝異地發現驚人的現象。

為什麼……為什麼綠豆張大嘴巴，一臉猙獰地拉著自己的褲子騰空在地板與天花板之間？為什麼孟子軍的拳頭停留在半空中，卻遲遲不揮下揍扁眼前的骷髏幽魂？為什麼天兵手中的武器閃著金光，卻像是黏在前方的鬼魂身上。然而最怪異的就是那隻鬼魂，一半有著形體，一半卻轉化成煙霧，臉上的痛苦神情也只剩一半……

群鬼全都定格不動，彷彿有人按下暫停鍵似的，一切處於靜止狀態。依芳忍不住倒抽一口氣，到底怎麼回事？

正當她一籌莫展時，眼角餘光突然察覺天兵的教學手冊正在發光，且以相當緩慢的速度飄浮在半空中。

依芳想也不想地伸手上前，想把書撈下來，怎知還沒碰到，書頁就像遇到颶風似地瘋狂翻頁，還迸出刺眼的光芒，直射向依芳的雙眼。

強光瞬間射入她的眉心，依芳根本來不及尖叫，湧入腦海裡的大量資料像是海水倒灌一般，壓得她雙眼爆出血絲，腦袋宛若壓了好幾斤石頭。她什麼都感覺不到，只覺得眼前快速閃過教學手冊裡的每一字每一句。這樣的速度她根本無法消化，但這些字句卻像烙印在她的腦袋中，揮之不去。

依芳如同海綿般，吸收了大量的咒語和玄學知識，看似小小一本的教學手冊，翻了許久的頁面竟還不到整本的十分之一。依芳聽著翻書聲的當下，一陣疾風颳得她臉頰隱隱生疼，下一秒她竟被一股猛烈的力道推開，硬生生地在半空中劃下一道拋物線，直到跌落地面她才感覺到這一切是多麼真實，尤其是劇烈的疼痛和暈眩讓她連站都站不起來。

她急忙抬頭一看，周遭一切似乎重新活了過來，其他人就像完全沒有感受到方才的靜止，繼續和身邊的群鬼搏鬥著，唯一不同的，是離自己不遠處多出了一個周語燕，看他臉上泛著青光，雙手指甲又黑又長，頭髮像刺蝟一樣的在頭上豎著，能做到這種程度的，恐怕只有眼前的鬼王。

第十六章　庫房事件（十六）

「開天眼？連玄罡都不是我的對手了，憑妳也想對付我？」鬼王冷哼一聲，毫不客氣地朝著依芳展露血盆大口，一副恨不得立刻將她吞入腹中的模樣。

「玄罡？你把他怎麼了？」依芳驚慌地大叫著，放眼望去果真沒看到玄罡的身影，難道他……

「妳還是擔心自己吧！我說過，你們一個也跑不了！」鬼王臉上爆出的青筋漸漸變成黑色，全身的微血管也慢慢浮上肌膚，周語燕的軀體就像紋滿密密麻麻的圖騰。最驚人的是雙眼，之前沒有瞳孔也就算了，如今兩眼像是被挖空一般，正不斷冒出污血。

看著鬼王蓄勢待發地準備攻擊，依芳的腦海中竟浮現剛剛在教學手冊看到的咒語和符咒，她立即掏出一直帶在身上的硃砂筆，洋洋灑灑地憑空畫下和自己身形一般大的符咒，嘴裡念念有詞。

「為禍邪鬼，或妖或精，捉赴幽城，萬死滅形，寸屍萬段，毋輒更生，太上真符，告下無停。急如風火，迅若奔霆。鬼死人安，天地肅清。急急如律令。」

只見依芳右腳用力往地面一蹬，腳下揚起灰塵，以她為中心點瞬間迸開點點金光，不斷地往外擴散，群鬼一觸到金光，頓時哀號四起，紛紛退至鬼王後方。

「依芳開天眼了！」天兵喜上眉梢，跟著孟子軍興沖沖地跑至她身邊。

綠豆卻是連滾帶爬地爬到依芳腳下，無力地嚷著：「妳這傢伙……既然開天眼了，不會快點請天兵天將下來，讓我像猴子一樣被耍著玩，妳當在看戲啊？」

「妳以為我不想啊！問題是我還沒學到請兵令，就被鬼王打斷了！」依芳苦著一張臉，雖然學到一點東西，不過現在絕大多數都派不上用場啦！

綠豆一聽，自暴自棄地在地上胡亂蹬腳，用盡全身力氣又吼又叫：「開什麼玩笑？再這樣玩下去，什麼時候才會結束？哈利波特拖這麼久都完結了，我還在這邊拖戲，老娘不玩了，乾脆給我一個痛快，省得我一會兒擔心尿失禁，一下子要擔心會不會『銼青賽』！」

走到現在這樣的絕境，沒有人不感到疲累，偏偏綠豆在這時腎上腺激增，陡然跳起來，毫不顧忌地一步一步走向鬼王，伸長脖子繼續喊著：「你來啊！老娘懶得跟你拚了，我脖子都擦乾淨等你了，快點動手啊！」

「學姐！」依芳眼珠子都快爆出眼眶。

「不要想不開！」孟子軍來不及攔住她，只好跟著扯開喉嚨大叫。

這下天兵也不得不出聲喊一下，不然顯得好沒人情味……

「那個……那個……活得不耐煩的傢伙！」天兵不知道綠豆的大名，氣氛緊張之下只能硬擠出幾個字，只是剩下的話還沒說出口，就遭綠豆回頭一記凶狠的白眼，害她只能默默把其餘的話吞下肚。

綠豆不要命地往前走，這不按牌理出牌的舉動讓鬼王瞬間愣了一晌，還是吼著：「既然前來送死，我就不客氣了！」

鬼王張開嘴，伸出像在臭水溝泡過的烏黑舌頭至綠豆面前，勒住她的脖子，讓她雙腳懸空，只能拚命在半空中掙扎。

綠豆打從踏進庫房後，不知翻了幾次白眼，當下也沒人有心思去數，只能眼巴巴地乾著急。

孟子軍明知道槍對這世界而言簡直就是廢物，不過礙於職業本能，二話不說便朝鬼王開槍，但別說鬼王不動分毫，連子彈都不知噴去哪裡了。

此時天兵基於人道立場，重整神色後拿起長矛衝上前，才一碰觸鬼王，立刻被彈開來！

「鬼王陰氣太重，除非請天兵天將下來助陣，否則妳我都沒能耐對付！」天兵開始自責當初實在太混了，導致現在幫不了忙就算了，還不知道自己是否能安然脫身。

依芳已黔驢技窮，實在想不出什麼好辦法，看來在綠豆之後就輪到她命喪黃泉了。

正當眾人一片絕望時，一小節白色菸蒂忽然凌空劃過，不偏不倚正中鬼王的舌頭，隨著劇烈爆炸捲起一陣黑色煙霧，當煙霧緩緩散去，舌頭已經斷成兩截，綠豆再度摔至地面，抱著喉嚨不停咳嗽，一句話也說不出來。

不過現在沒人關心跌坐在地的綠豆，反而找尋著菸蒂的主人，依芳心中浮現一絲希望，會拿菸蒂當武器的只有那個人！

果不其然，玄罡緩緩現身在眾人面前，只是他臉色蒼白，少了平時的勁帥，向來注重外型的他不但頭髮亂了，高級絲質襯衫也被撕裂了袖口，甚至沾染著大小不一的污痕。

雖然他的模樣有點狼狽，卻增添一股別於以往的狂亂氣息，俊帥的五官線條不再柔和，少了玩世不恭，取而代之是一抹殘佞的酷厲氣焰。只見他伸手一彈，指間隨即冒出一根菸，那根菸瞬間冒出火星，玄罡不改從容地吸了一口，緊盯著鬼王的眼睛帶著毫不掩飾的殺氣，不曾移開。

「玄罡?!」鬼王定眼一看，氣急敗壞地指著他，「你這傢伙怎麼還不死？我記得方才早已打得你魂飛魄散！」

就算狼狽，玄罡也散發著優雅的氣質，他略帶蒼白的薄唇綻放出完美的線條，淺笑道：「滷蛋，這麼多年了，你依舊學不乖，難道你不知道什麼是障眼法嗎？這麼輕易就被我騙過，你的道行還太淺了。」

鬼王登時氣得仰天鬼吼鬼叫，宣洩滿肚子的怒火，震得每個人的耳膜都快破了。

「就算你用障眼法又如何？看你的樣子也知道你快元神不保了。何況我身後還有這麼多幫手，憑你這三角貓的功力，躲得了一時，躲不了一世。」鬼王顯得自信滿滿。

玄罡像是聽到什麼好笑的笑話似的，吐著煙張開嘴，呵呵笑了起來，「滷蛋啊滷蛋，我給你那麼多年改過自新的機會，當作我偷吃雞蛋的補償，但你自己冥頑不靈，別怪我手下不留情了！」

玄罡深不見底的黑眸閃爍著恍若流星的亮光，氣勢萬千地朝著鬼王一指，悠悠輕聲道：「你有幫手，難道我沒有好兄弟？」

玄罡說完，四面八方湧進一大堆長得奇形怪狀的物體，這場面和陣仗說有多驚人就有多驚人，每個物體都有著人類的外型，臉孔卻千奇百怪，不是五官不對稱或青面獠牙，就是有點像人和動物的綜合體，連當初和綠豆見過一面的鬼差也混在其中。

群鬼一見到那些物體，全都尖叫著奔逃，這一堆奇模怪樣的傢伙們卻不慌不忙地伸手一抓，不是張大嘴吞下肚，就是將窮凶惡極的群鬼瞬間套上腳銬和手鍊，那些刑具看起來和當初扣住周語燕的勾魂鍊很類似……

綠豆和依芳對第三空間多少有些瞭解，但見到如此浩大的場景，仍然不由得看傻了眼，久久發不出聲音。

另一旁的孟子軍卻是徹徹底底地腿軟，雖然很不想讓別人發現自己此時的怯懦，但雙腳就是不聽使喚，連站都站不穩。

他只覺得剛剛的群鬼算什麼，現在玄罡的好兄弟才真地令人受到極度驚嚇，站得老遠都散發著凜冽殺氣，就算不刻意擠出表情，臉上的五官也足以讓人嚇破膽。加上現在它們對群鬼凶殘地追捕，身邊響起不絕於耳的淒厲哀號，讓他感覺自己活像拿著貴賓券的觀眾，正欣賞著殘酷煉獄追緝令現場版。

怎麼玄罡的兄弟在外型上和他相差十萬八千里？光是當個觀眾，就已經讓他感受到收驚十次都回不了魂的驚恐了。

然而真的需要收驚的是早就面無人色的鬼王，更正確地說，他哪來的人色？只是死白的膚色再白上一層，當他看著自己的怨鬼幽魂們滅的滅、逃的逃，局勢兵敗如山倒，沒有轉圜餘地了。

「玄罡！你難道不知道鬼王不歸鬼差管轄？你現在派出這麼多鬼差在我的地盤上，不怕犯了天地戒律？」鬼王見大勢已去，心底暗自焦灼，卻頑強地厲聲指責，只可惜語氣中有掩蓋不住的憂慮。

「你對我動手在先，套句人間的說法，你這是襲警！襲警可是不小的罪名，我怎可能白白挨你這麼一下？光憑這罪名，閻羅王便不會怪罪我！」玄罡恢復以往痞痞的模樣，回想起先前他和鬼王纏鬥沒多久，就假裝敗退化成煙霧，實際上卻是金蟬脫殼先趕回冥府，調派人馬過來。

他身上的殘破的確是鬼王造成的沒錯，不過臉色蒼白卻不是因為被鬼王打傷，而是趕時間……很喘……

「滷蛋，地獄有多大你還沒見識過吧？是你這像螞蟻一樣小的地盤的千萬倍，只要是鬼差，我就能調動，要多少兄弟就有多少，你別再做困獸之鬥，和我回去吧！」

「你作夢！」鬼王嘶吼，聲震鬼冥，「就算我死，也要拖著你一起死！」

鬼王的鬼叫聲未落，只見他猛然一閃，落在玄罡的身前，猛然伸出布滿青筋和黑色血管的鬼手，往玄罡的心窩刺入。

鬼王的動作實在太快，令人防不勝防，玄罡吃痛似地悶哼一聲，連退了好幾步，面露痛苦神色，額際冒出滴滴冷汗，瞬間所有鬼差像被激怒般地拿出腰間的武器抵著鬼王。

第十七章　庫房事件（十七）

「玄罡，就算你有再多兄弟，鬼差和鬼王的道行還是有差，若是一對一，我絕對不會輸你！反正橫豎都是死路一條，只要能拉你做伴，我也甘願！」鬼王悲淒地狂笑著，只是這笑聲帶著強烈的痛苦，他多年執著，卻淪落到如此下場。

玄罡頻頻吸著氣，就算已經快喘不過氣，仍然定定看著鬼王，輕聲道：「滷蛋，夠了吧？這樣就能夠化解你對我的怨恨了吧？其實我真的一直把你當做好兄弟，只是我知道自己對不起你。當年大時代的悲劇逼得我不得不做出卑鄙的手段，但我對你的愧疚卻沒有停止過，今日總算讓我有贖罪的機會了！」

他這麼一說，鬼王的神情先是一愣，不明白為何傷了玄罡後是如此空虛，而他的一番話卻讓自己沒有心臟跳動的軀體有了熱度？

他知道玄罡一直對自己手下留情，每次戰敗也都是他不願意正面應戰所致。

就像現在，玄罡的左手拿著已經燃著熊熊火焰的香菸，加上右手則深入自己的心口，形成一個致命的死穴，玄罡大可趁此將菸蒂烙在他的印堂上，令他灰飛煙滅是輕而易舉，可是他卻沒這麼做……

鬼王的神情漸漸趨於緩和，像是開始回憶以往，好一會兒才出聲道：「多可悲，當初我像喪家之犬，到了現在，還是這樣狼狽！其實我心底明白，就算你不吃我的雞蛋，我的下場還是一樣。只是我不甘心，當初……我們大家一起逃難，你跟我承認偷吃雞蛋時，我差點沒把你打死！仔細想想，我想聽的不就是一句道歉，我恨了多少年，就過了多少年的痛苦生活，你說得對，也該夠了！」

鬼王緩緩抽出自己的手，「我累了，帶我回去吧！現在輪到我為底下因我而成孤魂野鬼的無辜性命贖罪了！」

他悠悠嘆了一口氣，嘆氣的同時，周語燕的身軀像棉花糖一樣軟軟地倒臥在地，從她的天靈蓋竄出一股白煙，白煙緩緩化成一個半透明的人影。雖然不是實體，也足以讓人看清他的五官，原來鬼王的真面目竟是個清秀的男子，看起來略為瘦弱，實在很難想像仇恨會讓他變成面目可憎的惡鬼之王。

鬼差紛紛收起手中的武器，只見勾魂鍊俐落地套上鬼王的手腳，其中一名個子比玄罡還要高上半個人身的鬼差向玄罡舉手行禮，低沉的嗓音異常地響亮，「老大，我將鬼犯帶回受審，請您盡速回地府！」

「小小，他生前和我有一段緣，別太為難他！」玄罡叮嚀著，不過依芳等人一聽到小小這名字，錯愕地倒抽一口氣，這樣的外型和小小兩字一點都不搭，到底哪裡小啊？

不過這樣的疑慮礙於鬼差比妖魔鬼怪還恐怖的臉，沒人敢提出。

鬼差們紛紛穿牆離去，依芳趕緊扶著看似虛弱的玄罡，緊張地問：「玄罡，你沒事吧？」

「開什麼玩笑？我當然要留著這條命，不然怎麼花那五億？」玄罡唇邊始終不離那看似壞壞的笑容。

聽他開口不離錢，依芳忍不住撇撇嘴，這傢伙根本無時不刻都在提醒她要趕快燒錢給他。只要他還有力氣講到錢，那鐵定沒事！

這時孟子軍和綠豆見到周遭沒有其他生物存在，迅速找回自己的腳。孟子軍趕緊去看看倒地的周語燕是不是完好，綠豆則是急著跑至依芳身邊，因為她有很多事情還沒搞清楚。

「玄罡，剛剛那顆滷蛋為什麼說你要守護依芳？難不成你們真的在前世就認識了？」這一點最讓她好奇，說什麼都要搞清楚。

依芳對這件事也是百思不得其解，既然綠豆幫她開口，她也迫切地想知道答案。

天兵卻詫異地驚呼一聲：「依芳，難道妳真的不記得你們的關係了嗎？」

咦，連天兵都知道他們有某種關係，這麼說來，她和玄罡果然有著前世今生的聯繫？

綠豆一臉痴狂地看著依芳和玄罡兩人，腦海中開始浮現言情小說裡常用的老梗，不外乎就是前世情人、今世再續前緣等等，沒想到她竟然能親眼見證這樣的愛情。一想到這麼浪漫的情節在自己眼前上演，綠豆感動得無以復加，雖然依芳搭配玄罡是有點可惜，不過看在玄剛這麼痴情的份上，她勉強可以接受。

「我們到底是什麼關係？」這下連依芳都開始緊張了，難道……難道她真的擁有一個這麼帥氣又耀眼的男朋友？但是，為什麼她什麼都不記得，什麼都沒感覺？

「妳真不記得了？」天兵還是一臉不可置信，「你們之間的因果可深了呢！」

因果深了？綠豆在自己的世界裡展開誇大的幻想，甚至編了一段又一段的浪漫情節……

「妳是玄罡生前養的一隻狗啊！」

天兵話才剛說完，綠豆和孟子軍愣了足足有十秒之久，綠豆才爆出驚天動地的大笑，「媽呀！原來妳前世是一隻狗！哈哈，難怪妳跟猴子阿啪那麼合，妳們根本就是動物掛的！」

綠豆笑得只差沒在地上打滾，連一旁背起周語燕的孟子軍也忍不住笑了出聲，看依芳張大嘴就像下巴脫臼的模樣，八成這樣的答案讓她打擊不小吧！

玄罡蒼白的臉色稍稍回復一點氣色，他沒好氣地瞪了天兵一眼，虛弱地反嗆：「妳才是我生前養的豬勒！」

隨即他轉過身看著依芳，眼神中有毫不掩飾的關愛，「依芳，其實我們上輩子是兄妹。」

兄妹?!依芳的嘴巴依然闔不上，她竟然是玄罡的妹妹？這樣的答案雖然比狗好一點，不過被自己哥哥坑了這麼多錢，還是一點都高興不起來。

依芳正千頭萬緒的時候，猛然被綠豆用雙手捧起臉蛋，她的表情看起來還比自己更加驚慌和不可置信。

「兄妹？這怎麼可能？一個是偶像明星，一個卻連當臨時演員都不夠格，你確定依芳真的是你妹妹？你們真的是同一個爸媽生的？」綠豆哇哇大叫，看起來比依芳更不能接受這樣的事實。

天兵卻在這時點頭附和，「他們上輩子真的是親生兄妹！其實玄罡當年會偷雞蛋，不是自己吃掉，而是看到依芳快餓死了，才出此下策，好讓自己的妹妹能夠存活。但當時逃難的人太多，玄罡和依芳被人潮沖散，沒多久玄罡就死於瘟疫，當時他很自責沒把依芳照顧好，所以死後心有掛礙，為了找到依芳成了孤魂野鬼，挨餓受凍還要躲避鬼差追捕。」

天兵說到這裡，依芳已經紅了眼眶，玄罡卻淡淡地吸著菸，眼底有著隱隱的滄桑和風霜。直到今天她才知道，原來玄罡為自己吃了這麼多苦，她卻毫不知情地享受著人世間的溫暖。

「玄罡吃了不少苦，總算讓他在歷經百年的煎熬之後找到了依芳，但是依芳已經投胎轉世，他卻還是孤魂野鬼，加上天師是依芳的爺爺，玄罡根本無法靠近，好幾次都被打傷。

「天師也知道玄罡生前並無大過，奉勸他投胎轉世，但是玄罡卻執意要守護依芳，好了卻他生前無法完成的使命。天師覺得其情可憫，但是人鬼殊途，於是稟報天聽。上蒼認為情操感人，所以讓他自己挑選職位，但他想也不想地選擇鬼差，天師問他原因，他說終有一天，依芳也會走上黃泉路，他要親自去接自己的妹妹，有他在身邊，依芳才不會害怕！」

天兵悠悠地把話說完，依芳已經淚流滿面，但玄罡卻只是微笑地看著她，才正要開口……

「啊嗚～實在好可憐！」綠豆一把鼻涕一把眼淚，看起來好不嚇人，平時說什麼有淚不輕彈，現在哭得連口水都流下來、話都說不清楚了！「玄罡，你這麼做是對的，黃泉路已經很可怕了，你的好兄弟每個都長得像妖魔鬼怪，看到都閃尿了，哪還走得動？等我有一天也上路時，拜託你好心一點來接我，不然至少派個長得像人的鬼差……」

綠豆的大哭實在太恐怖，差點讓依芳把眼淚縮回去，就算想做效果，也不用這麼誇張吧！

此時玄罡又重新掛上痞痞的招牌笑容，「她隨便說兩句就相信啦？其實我做鬼差的原因是因為撈錢快，你看我不是一下子就賺到五億？」他試著緩和當下的氣氛，雖然兄妹相認識值得高興，但是他不喜歡哭哭啼啼的場面。

「胡說，那是因為你答應……」

「琉璃，夠了！」玄罡搖著頭制止天兵繼續說下去，他不管依芳怎麼想他，畢竟當初他答應天師，絕對不主動插手干涉依芳周邊的大小事。畢竟天地有著一定的軌跡，很多事都是命中注定，不是他能改變的。

若是凡人有求於他，拿錢就算交易，鬼差有義務完成使命，所以每次他都開口要求龐大的金額，目的就是不讓依芳對他產生依賴，但是危急時仍有理由助她一臂之力。

依芳看著玄罡，梗在喉嚨的難過和心痛讓她說不出話，原來她有一個這麼好的哥哥，她卻不知道……

玄罡知道依芳現在的心緒很難平靜，於是雲淡風清道：「依芳，妳爺爺說得對，妳我的緣分在上輩子已經結束，是我自己放不開。當初把妳弄丟讓我耿耿於懷，現在我找到妳，但是我們不同世界，早就是不相干的個體，我想妳應該能明白。」

依芳點點頭，留下兩行清淚，雖然兄妹緣分已盡，起碼知道自己不孤單，有個人還在遠方守護著她。

「明白明白！」綠豆點頭點得更用力，活像自己才是玄罡的妹妹，「雖然上輩子的兄妹緣分沒了，這輩子再相見就表示現在還是有緣。能不能念在緣分兩字打個折，五億真的好貴！！」

玄罡吸了幾口菸後，氣色已經回復得和以往差不多，他難得展現溫柔而真誠的笑容，陽光般的燦爛讓冰山都足以融化。

「打折是萬萬不可能，我忘了地底下沒有勞健保，你們應該還要負擔我的醫藥費吧！」他的笑容還是很溫暖，但卻讓依芳和綠豆的臉結凍似地笑不出來。

玄罡的回答讓兩人覺得還是安靜一點，這傢伙看起來還是六親不認，綠豆把方才的感動全都忘得一乾二淨，已經開始盤算如何勒緊褲帶度過往後的幾個月了。

「依芳，我和琉璃要先離開了，剩下的事情就交給門外的老洪吧！他是妳爺爺的得意門生，但是在妳出生前就已經出師自立門戶。如果妳有什麼問題，可以找他幫忙！」玄罡話還沒說完，身影卻漸漸模糊，當他說完最後一句時，他和天兵已經完全不見蹤影。

這時綠豆才猛然想起他們還處在庫房內，雖然解決了鬼王，但待在裡面還是感到渾身不舒服，只想趕快離開。

她急忙嚷著：「快點走吧！玄罡說過有人接應我們，應該就是那個老洪，別忘了我們還要趕著上班！」

綠豆這一出聲，其餘兩人趕緊循著剛才的方向找到老舊的門板，這一回推開破門，果然瞧見一名年約四十歲上下的中年男子，一臉焦急，見到他們走出庫房，才鬆了一口氣。

「好理加在！你們再不出來，我就要自己衝進去了！」老洪拍拍自己的胸口，心裡慶幸還好不用跑進去送死。

綠豆納悶地看著老洪，實在很難想像個子跟她一樣矮、身材和依芳一樣瘦弱的禿頭男子會是天師的得意門生，而且看起來也沒有那種法師的架式，這傢伙會不會是冒牌貨啊？

「玄罡說過有請人來幫助我們，應該就是你吧！」依芳納悶地提出疑問，畢竟她對眼前的老洪實在很陌生，也沒聽過自己的阿公提過這號人物。

「是啊！玄罡在很早之前就曾經托夢給我，他擔心妳會陷入險境，所以拜託我在此布下鎮煞咒，讓不好的東西別靠近妳！不過還是擋不了注定的時局，當他又來找我，我就知道妳出事了，才急忙趕來。

「不過當我趕來時，庫房已經被鎖住，而且你們又在不同的空間，範圍之大讓我無從找起，剛才玄罡現影要我在這邊接應你們，萬一有怨鬼纏身再幫你們打掉，現在看到你們終於沒事，真是太好了！」

原來玄罡一直暗中幫忙，只是他們始終都不知道而已，這五億可真是給得有價值，不再覺得心不甘情不願了。

「洪叔叔，謝謝你特地趕來，玄罡已經把鬼王帶回地府了！」依芳深深地吸了一大口清新的空氣，如今踏出鬼門，恍如隔世！

「你們沒事就好。」老洪收起手中的法器，「看到妳就想到我自己的女兒，我有個女兒跟妳一樣也讀護理，現在還是一年級的學生，或許哪一天妳們會在醫院中相遇也說不定……」

老洪像是打開話匣子，一開口就停不下來。這時孟子軍背後的周語燕突然動了一下，他連忙將她放下，只見她緩緩地張開眼，呼吸顯得順暢多了。

「哇～」周語燕突然放聲大哭，其他人聽她哭聲這般響亮，心想她八成也沒什麼大礙。

為了她一個人，大家經歷了九死一生的驚險旅程，如今還有辦法呼吸，簡直是上天恩賜的奇跡了。

「是你救了我？」第一個映入周雨燕眼簾的人是孟子軍，她二話不說就猛然投入他的懷抱裡，死命地緊抱他不放，一邊大哭一邊叫嚷著，「我就知道會有人來救我，嗚嗚嗚嗚～我跟自己說過，只要誰能救我走出鬼門關，我就以身相許！」

以身相許？她以為自己在演古裝劇嗎？別說綠豆和依芳臉上掛了三條槓，就連孟子軍也大感吃不消。

他沒想到剛剛瀕死時，有人逼他手牽手一起下黃泉，現在好不容易脫身了，又有女人投懷送抱嚷著以身相許。

天呀！他今年是犯太歲，還是犯桃花啊？

他掙脫不了周雨燕的蠻力糾纏，只能朝著綠豆的方向，嘴裡無聲地叫著：「快點救我！」

綠豆卻冷哼一聲，存心等著看好戲，看著手腕上的電子表，故意事不關己地說著：「哎呀，上班時間快到了呢！依芳，我們再不準備就要遲到了！」

綠豆拉著依芳往宿舍的方向走去，老洪也豪爽地揮揮手和大家道別，現場只留下孟子軍和周雨燕。這一晚的荒謬事件終於平安落幕，為什麼他卻不能散場啊？

唉，早知道不該在好奇心作祟的情況下好管閒事。

可惡，他還要趕回家餵狗，快點放他走！

——《怪談病院PANIC! 02》完

高寶書版集團
gobooks.com.tw

輕世代 FW260
怪談病院PANIC! 02

作　　者　小丑魚
繪　　者　炬太郎
編　　輯　林思妤
校　　對　林紓平
美術編輯　彭裕芳
排　　版　彭立瑋

發 行 人　朱凱蕾
出　　版　英屬維京群島商高寶國際有限公司臺灣分公司
　　　　　Global Group Holdings, Ltd.
地　　址　臺北市內湖區洲子街88號3樓
網　　址　www.gobooks.com.tw
電　　話　(02) 27992788
電　　郵　readers@gobooks.com.tw（讀者服務部）
　　　　　pr@gobooks.com.tw（公關諮詢部）
傳　　真　出版部　(02) 27990909　行銷部 (02) 27993088
郵政劃撥　19394552
戶　　名　英屬維京群島商高寶國際有限公司臺灣分公司
發　　行　希代多媒體書版股份有限公司/Printed in Taiwan
初版日期　2018年1月

國家圖書館出版品預行編目(CIP)資料

怪談病院PANIC! / 小丑魚著.-- 初版. -- 臺北市：高寶國際, 2018.01-
冊；　公分. --

ISBN 978-986-361-481-4(第2冊：平裝)

857.7　　106021393

三日月書版

三日月書版

GOBOOKS
& SITAK
GROUP©

GOBOOKS & SITAK GROUP©